KB170690

반송중학교 교육공동체 엮음

# 목차

**3부**

**추천**

# 들어가며

　이 책은 부산광역시 해운대구 반송동에 있는 작은 남자 중학교에서 보고, 듣고, 느낀 이야기를 담은 기록집입니다. 동네 이름을 그대로 본떠 이름 지은 '반송중학교'는 한 동네의 모든 남자아이가 진학하는 단 하나뿐인 남자 중학교입니다.

　산과 산 사이 골짜기를 한참 지나 들어가야만 보이는 소담한 동네 '반송'에서의 삶은 그렇게 시작했습니다. 배분받은 필지를 최대한 활용하려고 건물 사이에 좁은 간격을 만들었고, 부족한 내부 공간 탓에 옥상으로 올라간 물탱크들이 끝없이 이어져 '파란 물탱크 동네'라는 이름이 생겼습니다. 외지 사람들이 바라보는 독특한 반송만의 풍경이지요.

　이곳 사람들은 남부러울 만큼 부유하진 않지만, 같은 처지의 이웃을 돌보고 지켜내며 튼튼한 마을공동체를 만들어 냈습니다. 나의 생존을 위해 이웃과 협조하고, 이웃의 생존을 지켜주는 게 다시 나의 의무가 되었던 사람들입니다.

　끈끈하게 이어왔던 공동체의 힘 덕분인지 오늘날 부산형 혁신학교라고 불리는 '다행복학교'가 반송중학교에 뿌리를 내렸습니다. 2016년에 시작해 2022년까지 벌써 7년째 이어오고 있습니다.

이 책은 다행복학교인 반송중학교에서 있었던 지난 시간과 앞으로의 방향에 대한 고민을 담아내기 위해 시작한 작업입니다. 대체 다행복학교가 무엇인지, 왜 이런 고민이 반송에서 시작했는지, 어쩌면 왜 반송이어야만 했는지에 대한 이야기까지 이 책에 담겨 있습니다. 2022년 5월부터 시작해 바쁘게 반송중학교 선생님과 아이들, 반송마을 청년 주민과 졸업생, 또 그 어머니까지 만나보았습니다.

모든 인터뷰가 계획했던 시간을 훌쩍 넘겼고 이 책을 정리하기 위해 수많은 사람의 인터뷰 녹음 파일을 듣고 또 들었습니다. 나이도, 성별도, 고향도 다른 사람들이었지만, 반복해서 듣다 보니 왠지 반송마을 사람들 특유의 느긋한 어투가 많이 닮아있었습니다. 그래서 이번 책에서 지역을 휘감고 있는 여유로운 정서를 무엇보다 잘 담아내고 싶었습니다.

취재를 이어갈수록 반송이란 지역과 반송중학교에 매력을 느꼈습니다. 철저하게 외부인의 시선에서 바라보았기 때문에 어쩌면 세상 속에서 세상과 달리 걸어가는 그들의 이야기가 더 정확하게 다가오지 않았나 싶습니다.


다행복학교 안에서 이루어지는 실험과 그 결과로 파생되는 긍정적인 영향들을 잘 기록하고 싶어 많은 책을 찾아보았습니다. 이미 혁신학교에 대한 기록집은 많았고, 가까이 부산 다행복학교에 깃든 시간을 기록한 책들도 충분했습니다. 앞선 책들을 천천히 읽어갈수록 학교라는 큰 틀 안에서 일어나는 사건의 흐름이 유사하다는 걸 발견했고, 반송중학교만의 차별점이 무엇일지 고민했습니다.

여름부터 겨울까지 쉼 없이 교문을 넘나들며 반송중학교를 관찰했습니다. 곁에서 관찰한 반송중학교의 특징은 선생님과 학생의 위계가 없는, 학생이 주도적으로 행동하며 그 결과를 모든 학교 구성원과 공유하는 열린 교육 구조였습니다. 다행히 선생님들도 반송중학교의 모토인 '구성원 모두가 함께 성장하고 함께 행복하기를 꿈꾸는' 반송중학교만의 특징이 이번 기록집에서 잘 드러나기를 바라셨습니다.

학생과 교사의 성장이 직관적으로 드러날 수 있는 서사 방식을 고민하며 최종적으로 반송중학교의 지난 이야기를 이끌어 갈 인물을 설정했습니다. 2022년을 맞아 남자아이들만 있는 반송중학교로 처음 부임하는 여자 선생님(오선희)입니다. 여자 선생님은 실제 2022년에 반송중학교로 부임한 오예슬 역사 선생님에게서 영감을 얻었고, 함께 인터뷰를 진행하는 아이들은 학교 복도를 신나게 뛰어다니던 학생들의 모습을 종합했습니다.

선생님들과 인터뷰를 진행하며 각자의 마음에 남는 아이들 이야기를 많이 들었습니다. 감동적인 이야기와 코끝을 시큰하게 만드는 가슴 아픈 이야기가 많았지만, 오랜 고민 끝에 아이들의 이름과 직접적인 이야기는 모두 배제하였습니다. 당사자의 동의를 받지 못했다는 객관적인 사실과 함께 아직 여물지 못한 성장기의 모습은 있는 그대로 흘려보내는 것이 좋겠다는 판단 때문입니다.

대신 선생님들이 공통으로 말한 기억을 엮어 반송중학교 1년의 흐름을 시간순으로 되짚었고, 실제로 마주 앉아 대화했던 선생님들의 기억은 최소한의 편집만 거쳐 삽입하였습니다. 이 책에 등장하는 모든 분은 실제 반송중학교에서 저를 맞이해주고, 친절히 학교에 관해 설명해주셨던 반송중학교의 선생님들과 관계자분들이십니다. 특히 큰따옴표로 처리한 문장들은 구술 채록 과정에서 실제 선생님들이 꺼내주신 문장들이며 개인의 어투를 최대한 재현하려 노력하였습니다.

1부는 반송중학교를 처음 찾은 교사의 시선으로 반송중학교의 오늘을 문학적 상상력으로 엮어냈고, 2부는 실제 반송중학교를 다행복학교로 만든 선생님들의 생생한 언어를 담았으며, 3부에서는 가을부터 겨울까지의 반송중학교 학사 일정을 설명하며 신규교사의 시선으로 학교의 1년으로 구성했습니다.

돌아볼수록 이번 기록집 작업을 위해 반송을 오갔던 모든 길이, 그리고 반송중학교를 중심으로 만났던 모든 관계와 대화가 소중했습니다. 좋은 기회를 주신 호밀밭 출판사와 낯선 이를 환대해 주시고 기꺼이 모든 자료를 제공해주신 반송중학교 관계자 여러분들에게도 감사의 인사를 전합니다. 교육 현장에서의 실험은 늘 조심스러울 수밖에 없지만, 변하지 않은 교육은 굳어버린 지식이며 곧 그 쓸모가 다할 것이라고 감히 생각합니다.

언제나 생동하며 꿈틀거리는 교육을 위해 지금도 새로운 상상력을 다하고 있을 반송중학교와 부산 다행복학교 선생님들, 전국 혁신학교 선생님들을 기억하며 마지막 문장에 응원의 마음을 가득 담아 전해드립니다.

선생님들, 감사합니다!

# 프롤로그

내 이름은 오선희.

두 뺨을 스치는 한겨울의 매서운 바람을 느끼며 집을 나섰다. 발갛게 상기된 볼과 힘이 가득 들어간 표정이 거울에 비친다. 긴장하지 않으려 하지만, 누가 봐도 온몸의 근육에 가득 힘이 들어간 뒷모습이다. 처음 사범대에 들어갔을 때의 긴장감. 임용고시를 준비하기 위해 매일 지새웠던 날들. 그 모든 순간이 스쳐 지나간다. 늘 오늘 아침을 꿈꿔왔던 나는 이제 당당히 대한민국의 교사가 되었다.

여전히 목도리에 장갑까지 껴야 겨우 나설 수 있는 2월의 부산이다. 그리고 운명처럼 찾아온 첫 번째 학교, 반송중학교. 한 번도 타본 적 없고, 한 번도 가본 적 없는 동네 반송이라 첫 출근이 왠지 부산으로 여행을 온 것만 같은 설렘을 남겼다.

도착지까지 스마트폰이 안내하는 시간은 20분. 그리 길지는 않은 시간이다. 지루한 지하철 안에서 맞은편 창문 밖 풍경을 바라보았다. 분명 동래에서 시작할 때는 지하였는데 정신을 차려보니 어느덧 지상으로 올라와 달리고 있다.

무인열차를 타고 향한 윗반송역은 생전 처음 찾아오는 공간이었지만, 낮

섦보다 설렘에 기쁠 뿐이었다. 보통 학교를 배정받기까지 오랜 시간이 걸린 다던데 나는 운이 좋았다. 지인들은 생소한 동네에 걱정을 표하기도 했지만, 그저 출근을 할 수 있다는 사실만으로도 충분히 행복했다. 그리고 내가 맡은 일은 어떤 것이든 충분히 해낼 자신이 있었다.

눈 부신 햇살이 비치는 창문 밖으로 끝도 없는 숲이 펼쳐졌다. 솔직히 부산에 이렇게 높고 긴 숲이 있었는지 몰랐다. 흥미로운 마음에 지도를 살펴보니 눈앞에 보이는 숲의 정체는 장산이다. 나는 어릴 때부터 산과 바다, 도시에 무한한 관심이 있었다. 수많은 사람의 이야기와 긴 시간이 쌓여있는 공간의 맥락을 쫓는 것에 관심을 가져 역사를 택했었다. 익숙지 않은 반송의 모든 풍경이 오히려 흥미로웠다.

석대역을 지나자 조금씩 동네의 풍경이 보이기 시작했다. 시야를 가리던 초록색의 나무를 지나자 불현듯 등장한 붉은 벽돌의 건물들이 시야를 가득 채웠다. 끝없이 이어지는 빌라들과 그 빌라 위로 놓여있는 푸른색의 정체 모를 원통들. 빨간 집과 푸른색의 물탱크가 주는 대비가 생경했고, 소담하고 아기자기한 동네 풍경이 아름다웠다.

윗반송역에 내려 내비게이션의 안내에 따라 학교로 올라갔다. 지하철로 하는 첫 출근, 이제 정말 사회의 한복판으로 걸어 들어가는 기분이다. 이제 어엿한 나만의 일터가 있는 직장인이다. 아직 개학한 것도 아닌데 굳이 학교까지 찾아가는 건 교장 선생님의 전화 때문이었다. 반송중학교로 배치가 결정되자마자 교장 선생님이 직접 전화를 주셨다. 선생님은 긴 축하 인사로 따스한 환대를 해주시며 미리 학교에 방문해 선생님들과 서로 인사도 나누고, 학기 준비를 위한 기본적인 안내를 받아보라고 하셨다.

처음 와보는 동네의 냄새가 궁금해서 윗반송역에 조금 일찍 도착했다. 눈앞에 보이는 작은 골목. 모퉁이 건물엔 언제 만들었는지 짐작하기도 힘든 낯선 폰트의 간판이 있었다. 골목은 좁았고, 주변에선 생선을 굽는지 고소한 기름 냄새가 공간을 가득 채우고 있었다.

우연히 들어선 골목의 풍경을 천천히 바라보았다. 주택 벽 앞으로 작게 꾸며진 화단, 그 화단 위로 소담히 인사하는 작은 들꽃이 예뻤다. 볕이 잘 드는 곳인지, 아니면 집주인 분이 잘 관리하시는 건지 모르겠지만, 내가 살던 아파트 단지에서는 좀처럼 보기 힘든 올해 첫 들꽃들이었다.

도로를 지나 학교를 향한 언덕에 오르자 거짓말처럼 도시의 소음은 사라지고, 작은 새들의 울음소리와 나무 사이를 스치는 바람 소리가 시원하게 들렸다. 작은 언덕을 오른쪽으로 돌아가자 압도하듯 눈 앞에 펼쳐지는 경관. 마치 깊은 숲속에 들어온 듯 겨우내 잎을 달고 있던 침엽수들이 가득했고, 그 좁은 언덕 끝에 반송중학교가 있었다. 마치 해리포터가 숲속에 있는 호그와트 성으로 가듯, 숲에 둘러싸인 학교는 앞으로 이곳에서 펼쳐진 모험 같은 하루를 예고했다.

푸르른 숲의 풍경에 오늘이 겨울이라는 계절감마저 잊은 나는 짝을 이뤄 날아가는 새들과 가벼운 인사를 나눈 뒤 서둘러 언덕 위 반송중학교로 올라갔다. 학교 중앙계단 양쪽 벽면을 가득 채운 아이들의 그림들. 눈 닿는 학교의 모든 곳엔 온통 아이들이 남긴 흔적으로 가득했다.

교무실은 2층이었다. 사실 이미 정문을 들어설 때부터 선생님들의 시끌벅적한 소리 때문에 2층이 교무실인 걸 알 수 있었다. 현관에 놓인 거울 속엔

발갛게 두 뺨이 상기된 사회초년생이 서 있었다. 내가 봐도 잔뜩 긴장한 굳은 얼굴. 선생님들을 처음 뵈면 어떻게 인사를 해야 하나. 첫인상이 중요하다는 생각에 나는 거울 앞에서 힘찬 인사를 연습했다.

　"안녕하세요. 선생님들. 반갑습니다. 올해 처음 반송중학교에 부임하게 된 오선희라고 합니다. 잘 부탁드립니다!"

응답하라 반송중

1부

# 2월 – 설레는 첫 만남

"안녕하세요. 새로 오신 오선희 선생님 맞지요? 얼른 들어오세요. 아직 실내화가 없으니까 오늘은 저기 내빈용 슬리퍼를 신으시면 되겠어요."

혼자 거울을 보며 한참 연습하다가 누군지 모를 선생님의 안내를 받고 허둥지둥 학교로 들어섰다. 가장 차가운 계절인 2월 어느 날, 이제 막 신규교사 연수를 받은 나는 새로 부임할 반송중학교에 첫인사를 나누기 위해 정신없이 넘어왔다.

반송중학교 건물의 중앙현관 앞에 멍하니 서 있던 나를 처음 안내해준 건 선이 굵은 얼굴과 건장한 몸의 남자 선생님이었다. 덥수룩한 노란 머리와 쉽게 보기 힘든 얇은 머리띠를 한 국어 선생님. 너무 긴장한 모습도, 너무 당황하는 모습도 보이고 싶지 않았던 나는 첫 교생실습을 나간 대학생처럼 밝은 미소를 지으며 선생님의 뒤를 따라갔다.

"천천히 학교를 소개해드릴게요. 우선 교장 선생님부터 뵈러 가시죠. 교장 선생님, 교감 선생님이라고 해서 특별히 긴장하진 않으셔도 돼요. 다른 학교보다 조금 더 민주적이랄까요. 편안하고 소탈하신 분들이에요. 공익요

원이 결근이라도 하는 날에는 선생님 우편물을 교장 선생님이 다 전해주세요. 선생님들이 모두 교무실에 있는 것도 아닌데 각 행정실, 특수교과실로 직접 전해주시죠. 어떤 분인지 알겠죠?"

"선생님 말씀을 들으니 따뜻하고 좋은 분이신 것 같아요."

"많은 평교사가 흔히 교장 선생님과 부딪히는 지점들이 있잖아요. 학교 운영에서도 그렇고, 교육철학에서도 그렇고요. 사실 저도 처음부터 교장 선생님과 잘 맞았던 건 아니에요. 제가 원했던 교장 선생님은 담임교사들을 곁에서 도와주는 서포터랄까요? 그런데 이전에는 아니었어요. 무관심하시거나 너무 일방적인 분들도 있었죠. 그런데 지금은 달라요. 반송중학교 교장 선생님은 누구보다도 바쁘게 움직이면서 저희를 도와주세요. 아침부터 저녁까지 온 학교 복도를 동분서주하시죠. 에너지가 너무 넘치셔서 잠깐 다른 일에 집중하고 오면 어딘가로 또 사라지고 없어지시죠. 학교만이 아니라 반송마을을 종일 돌아다니시면서 회의하고 토론하고 오세요. 즉흥적인 모습에 당황스럽기도 하지만, 엉뚱한 매력도 있고 또 그런 돌발적인 선택에서 우리는 상상도 못 한 해법이 나오기도 하죠. 정말 미워할 수 없는 매력의 소유자입니다."


떨리는 마음으로 교무실 문을 열었다. 부드럽게 열리는 교무실 문 안쪽으로 모여앉은 선생님들이 모두 뒤돌아보며 나를 환영해주었다. 어떤 자리에서도 경험해보지 못한 환대였다. 나의 눈길이 교무실 곳곳을 향했다. 선생님들이 작성한 서류들과 포스트잇들이 어지럽게 놓인 테이블과 두꺼운 서류 폴더들이 빼곡하게 꽂혀있는 책장이 보였다. 오래된 종이 냄새가 날 것

같은 책장 옆으로 낯선 얼굴의 선생님들이 손뼉을 치며 나를 바라보았다.

나이도 외모도 다른 선생님들이었지만, 나를 바라보는 표정만큼은 모두 비슷했다. 낯선 사람을 이렇게까지 환대할 수 있는 걸까. 선생님들은 누가 먼저라고 할 것도 없이 교무실 문으로 걸어와 내게 학교를 안내해주었다. 친절한 안내를 받고 교무실 안쪽으로 걸어가는 동안 넓은 공간 안에 있는 모든 사람이 나를 바라보았다. 교무실 안에는 갓 내린 듯 향긋한 커피 냄새가 가득했다. 사방에서 들려오는 박수 소리 속에서 친근한 표정으로 미소를 지으며 한 남자 선생님이 다가와 말을 건넸다.

"반갑습니다. 오선희 선생님, 반송중 교장입니다."

부드러운 미소만큼, 따뜻한 목소리였다. 교장 선생님은 이제 교편을 쥐게 될 신입 교사를 향해 작은 선물상자를 건넸다. 그 안에는 이제 막 새로운 걸음을 시작하는 교사와 닮은 다육이가 있었다. 잔뜩 긴장하며 찾아온 신입에게 걸맞은, 초록색 생기를 사시사철 잃지 않는 환영 선물이었다.

"실례지만 오선희 선생님은 고향이 어디신가요?"
"경남 거창입니다. 학교 때문에 부산에 내려와서 계속 살고 있어요."
"거창 댁이시네! 여기 거창 사람들 많습니다. 선생님들! 오선희 선생님도 거창 사람이랍니다."

교장 선생님의 외침에 사람에 가려 보이지 않던 뒤편의 선생님들이 하나 둘 찾아왔다. 거창에서 태어나신 선생님, 시댁이 거창인 선생님, 우연히 거창이란 단어로 가깝게 연결된 선생님들은 몇 년 만에 동네 친구를 만난 듯 웃음과 박수 소리로 새로운 선생님을 맞이했다.
차가웠던 밖과 달리 교무실 안에는 훈기가 가득했다. 긴장했던 탓이었을까, 어젯밤 내내 첫 출근의 떨린 마음으로 잠을 설쳐서였을까, 아니면 생각보다 무서운 사람들이 아니라는 판단에 안도해서였을까, 나는 선생님들의 환영을 받으며 앉은 의자에서 하마터면 깜빡 잠이 들 뻔했다. 첫 출근부터 꾸벅꾸벅 조는 모습을 보일 순 없었다. 나는 서둘러 나와 화장실로 향했다. 교무실의 시끄러운 목소리가 텅 빈 학교의 복도를 가득 채웠다. 아이들이 없는 텅 빈 방학 중의 학교였지만, 곧 찾아올 아이들을 위해 선생님들이 열기로 학교 곳곳을 데우는 느낌이었다. 나는 재빠르게 고개를 돌리며 교무실 곳곳을 훑어보았다. 가장 먼저 눈에 띈 건 '배움으로 가득한 교실, 존중으로 빛나는 우리'라고 적힌 학교 비전이었다.

"선생님, 저기 적혀 있는 비전은 매년 정하는 건가요?"
"아니요. 4년에 한 번씩 바꿔요. 학교 비전을 세울 땐 교직원들이 모여서 공개적으로 의견을 받아서 결정해요. 지금 우리에게 가장 필요한 문구를 최종적으로 정하게 되죠. 나름 상품권도 걸려 있고, 4년의 비전이니까 참여 열정이 대단해요. 이번 학교 비전을 정할 때도 3일 동안 치열하게 토론했어요. '반송중학교 아이들에게 전하고 싶은 가치는 무엇인가'라는 주제로 교무실, 행정실, 급식실의 모든 선생님이 모여서 각자의 키워드를 포스트잇에 적었는데 한쪽 벽을 가득 채울 정도였으니까요."

내 눈길을 끌었던 건 '배움'과 '존중'이란 단어였다. 학생들은 교사를 존중하고, 교사는 부모를 존중하는 선순환. 저 짧은 두 단어가 지금 반송중학교의 가장 중요한 목표, 올해 반송중학교에서 내가 이루어야 할 궁극의 교육목표다.

반송중학교는 마침 '새학년준비워크숍'을 진행하고 있었다. 무려 5일이란 시간 동안 빈틈없이 진행되는 프로그램. 신규교사와 전입교사를 환대하고, 반송중학교의 모든 구성원이 함께 이번 1년의 교육 활동을 정리하고, 공동의 목표를 새롭게 수립하는 주간이다. 나도 안내받아 넓은 진로실에 모여 앉았다. 책상 위에는 하얀 A4 크기의 용지와 매직이 놓여 있었고, 곧이어 교탁으로 나선 과학 선생님이 프로그램을 진행했다.

"안녕하세요. 선생님들. 반갑습니다. 새로 오신 선생님도 계시고, 아직 이야기를 많이 나눠보지 않은 선생님도 계시지요? 오늘 워크숍을 시작하며 간단한 자기소개 시간을 가질게요. 딱딱하게 진행할 수 없으니 화면에 보이는 것처럼 모두 A4 용지를 가로로 4번 접어서 각자의 '네임 텐트'를 만들겠습니다."

선생님의 안내로 접은 A4 용지는 내 앞에 놓인 작은 명패가 되었고, 선생님은 네임 텐트 안에 이름과 담당 교과목, 오늘의 컨디션 점수, 내가 가장 사랑하는 음식, 그리고 요즘 자꾸 내 마음속으로 들어오는 것은 무엇인지 적어 달라고 했다. 내가 누구인지, 신규교사로서 나를 어떻게 설명하면 좋을지 밤새 고민하고, 혹시나 선배 선생님들이 짓궂은 질문을 던지지 않을까 밤새 연습했던 나였지만, 그 모든 예상 질문 중에 내가 가장 사랑하는 음식이 무엇인지는 없었다.

아직 답변을 고민하는 나에게 반송중학교의 여러 선생님이 다가와 자신의 취향은 무엇이고 오늘 컨디션이 어떤지 소개했다. 새로운 사람에게 먼저 다가가 내가 누구이고, 이 학교가 무엇을 고민하는지 알려주는 친절함에 봄

기운에 눈이 녹듯 긴장된 마음이 스르르 녹아내렸다.

선생님들은 이어 종이를 돌려가며 서로의 초상화를 그렸다. 누구는 눈썹과 눈을, 옆 사람은 코를, 또 그 옆 사람은 귀와 입을 그리며 서로의 얼굴을 끈질기게 바라보았다. 덕분에 학교의 모든 구성원과 눈을 마주친 나는 직책이 아닌, 얼굴의 특징과 좋아하는 음식으로, 마음속 고민과 컨디션으로 선배를 기억했다. 모두 나와 다르지 않은, 같은 눈빛을 가진 선생님들이란 사실에 나는 안도했고 또 기뻤다. 꿈에 그리던 나의 첫 학교가 반송중학교라 참다행이라고 생각했다.

늘 교사가 되고 싶었고, 교사로 살아가기 위해서 많은 시간과 노력, 눈물과 땀을 쏟아왔다. 여기 이 선생님들이 다신 돌아오지 못할 내 첫 시작의 기억을 함께 채울 분들이다. 교사다운 모습으로 나만의 교육관과 가치관을 천천히 채워나갈 첫 장소가 바로 여기, 반송중학교다. 늦겨울의 바람은 차가웠지만, 선생님들의 환대는 뜨거웠다.

# 반가워요, 소중한 나의 동료 선생님들

"모두 인사 나눌까요. 안녕하세요. 교장입니다. 처음 뵙는 분도 계시겠죠? 오늘은 서로에 대해서 조금 더 깊이 알아가는 시간을 가져보겠습니다. 각자 자기소개도 해주시고, 평소 고민도 함께 이야기해주세요."

나는 교무실에 앉아 다른 교과 선생님들과 어색하게 인사를 나눴다. 처음 학교에 찾아왔을 때 인사를 나눴던 선생님도 있고, 아예 처음 뵙는 분도 있었다. 국어 선생님부터 또렷한 눈매를 지닌 과학 선생님, 조용한 목소리의 체육 선생님이 인사를 건넸다.

"안녕하세요. 저는 국어를 담당하고 있습니다. 올해는 1학년을 맡았고요. 조금 더 의미 있는 교육 방안을 찾고 싶어서 배움의 공동체와 부산국어교사모임에서 활동하고요. '부산국어교사모임' 활동도 하고 있습니다. 그곳에서 새로운 수업방식을 배우고 있어요. 모둠식으로 책상 배치를 해서 수업을 하고 있고요, 진행해보려고 하고 있고요. 언제든지 제 수업은 열려 있으니 언제든 오셔서 수업을 보세요. 그리고 이번 겨울 방학에는 활동지를 많이 고쳤습니다. 다음 회의 때 공유할게요."

"네. 저는 체육 교사입니다. 저는 올해 다양한 종목을 아이들과 즐겨보려고 합니다. 아이들이 좋아하고, 많이 하는 걸 더 지원해볼 생각이고요. 축구나 농구 기술을 익히는 것도 좋지만, 달리기를 주로 계획하고 있습니다. 학교 와서 눈치 안 보고 마음껏 뛰어다닐 수 있는 시간을 많이 주려고 합니다. 다치지 않게 노력하겠지만, 올해도 애들 무릎 많이 깨지고 넘어지고 하지 않을까 싶습니다. 미리 보건 선생님께 양해를 구합니다."

체육 선생님의 너스레에 함께 앉아 있던 보건 선생님이 고개를 절레절레 저었다. 과목을 떠나 작은 농담도 주고받을 수 있을 만큼 살가운 관계. 뜨겁게 연결된 건 아니었지만, 여기 있는 모두 서로를 깊이 신뢰하고 존중하고 있음이 느껴졌다.

"안녕하세요. 오선희 선생님. 반가워요. 선생님하고 다르게 저는 반송중학교에 초빙으로 왔어요. 혁신학교라서 왔다기보다는 조금 다른 방식의 교육철학이 있는 곳을 찾다가 이곳에 왔어요. 제가 이전 학교에서 고민이 많았거든요. 교생실습 나가셔서 이미 느끼셨겠지만, 다른 학교에 가면 함께 회의하기보다는 일방적인 지시가 많잖아요. 그래서 저도 늘 교사로서의 정체성이 고민이었어요. 조금 더 의미 있는 시간을 보내고 싶었고, 그때 초빙의 손길이 와서 이곳으로 왔어요. 저는 2018년에 왔고요. 과학을 담당하고 있습니다. 앞으로 자주 만나고 많은 고민 나눠요."

"과목은 수학입니다. 저도 과학 선생님처럼 2020년 3월 1일 자로 초빙되어왔어요. 2020년 코로나가 막 터졌을 때 교무기획 일을 맡았고. 2021년에는 교육과정 부장을 거쳐서 올해 다시 교무기획을 맡게 되었어요. 3년 연속으로 업무팀에 있어서 담임을 아직 못 해 봤는데 이제는 업무가 적응되어서 애들하고 싸우는 게 나은지, 일하고 싸우는 게 나은지 고민 중입니다. 혹시 업무팀에 관심 있으시면 저한테 미리 말해주세요. 언제든 환영입니다."

초빙으로 반송중학교에 오신 분들의 이야기를 들어보면 모두 아이들 지도에 관심이 많았다. 그리고 기존의 학교 시스템 내에서 자신의 고민이 반영되지 못했기 때문이라고 답했다. 이들은 교실에서 무엇을 발견했던 걸까, 나는 아직 아이들 교육 속에서 자신의 고민을 한다는 것이 무엇을 의미하는지 이해하기 어려웠다. 지침에 따라 해야 할 교육을 하는 것만으로는 충분하지 않은 지점들이 있는 것일까.

"안녕하세요. 저는 보건교사이고요. 올해로 반송중학교에서 10년째입니다. 여긴 그냥 집에서 가까워서 왔어요. 걸어 다니려고요. 다른 보건 교사들은 남자 중학교에서 사고가 자주 난다고 선호하지 않는데 저는 좋았어요. 아이들이 순수하고 뒤끝도 없고. 간혹 사정이 어려운 아이들도 있어요. 병원비를 납부하기 어려워하던 경우도 있었고, 고민이 많을 수밖에 없는 환경에 있어서 더 잘해주고 싶은 마음이 커요."

"우리 학교 보건 선생님은 아이들 장학금도 따로 주세요. 겨울이면 패딩도 사주고, 수업 듣기 싫다고 보건실로 찾아가는 아이들 살갑게 소통도 해주시죠. 아이들의 고민을 선생님과 함께 해결해야 하면 교과목 선생님들하고도 이야기 나눠주시고요. 다른 학교 보건 선생님들하고는 아주 달라요."

　곁에서 과학 선생님이 보건 선생님에 대한 칭찬을 이어갔다. 나의 기억을 되짚어보아도 보건 선생님의 이미지는 대체로 비슷했다. 잠시 실습으로 나갔던 중학교에서도 보건 선생님은 학교 안에 있지만, 학교의 구성원이라고 말할 수는 없었다. 덩그러니 외딴 곳에 있었던 보건실.

　아이들의 안전을 책임지는 역할 그 이상을 상상하지 못했는데 반송중학교 보건 선생님은 교사친목회 총무를 담당하며 학교의 중심에 있었다. 지금도 전교생의 특징을 꿰고 있고, 졸업생 아이들도 보건 선생님이 보고 싶어 다시 학교로 찾아온다고 했다. 반송중학교의 모든 구성원이 생소하고 신기했다.

# 3월 - 새학년 준비주간

아이들을 맞이하는 새로운 시작을 앞두고 며칠째 깊은 잠이 들지 못했다. 교무실 분위기 적응은 쉽게 마쳤지만, 선배 선생님들을 만나는 것과는 또 다른 긴장감이었다. 두 손이 바르르 떨릴 정도로 설레기도 하면서 올바르게 지도하지 못할 수도 있다는 두려움이 공존했다.

3월의 첫 주. 모든 선생님과 본격적인 아이들 맞이를 준비했다. 올해 입학식은 1층 중앙현관에서 2층까지 길게 레드카펫을 두기로 했다. 마치 권위 있는 해외 영화제의 개막식처럼 '입학식의 주인공은 바로 나'라는 기분을 선물해주고 싶었다. 학생회 아이들과 선생님이 현관 양옆으로 길게 늘어서 박수로 아이들을 환영했다. 화려한 플래시를 터트리는 기자들만 없을 뿐, 좁은 언덕을 채우는 환호 소리는 거대한 축제를 방불케 했다.

쭈뼛대며 올라오는 아이도 있고, 얼굴 가득 미소를 띤 채 신나서 뛰어 올라오는 아이도 있었다. '내가 1년 동안 만날 아이들이구나.' 선배 선생님들의 얼굴을 그렸던 새학기준비워크숍처럼 교문을 지나가는 아이들의 눈, 코, 입, 귀, 표정 하나하나까지 놓치지 않고 관찰했다.

낯선 교실로 들어간 아이들은 책상 위에 놓인 환대의 선물을 확인했다.

반송중학교라는 공동체 안에서 기쁘게 지내기를 바라는 환대의 마음이었다. 선물꾸러미 안에는 한 사람에게 두 개씩 2, 3학년 학생회 아이들이 직접 만든 80명의 이름표가 있었다.

새로운 걸음을 환영하는 건 학교만이 아니었다. 더 넓은 세계를 전해주기 위해 반송마을 느티나무도서관에서도 커다란 책 꾸러미를 선물했다. 반송중학교를 품은 마을 어른이 모두 나서 '한 세계의 시작'을 응원했다.

화려한 입학식 이후 반송중학교는 '새학년준비주간'으로 돌입했다. 새학년준비주간엔 모든 학교 구성원이 분주히 움직였다. 1학년 아이들은 담임선생님을 통해 스포츠클럽을 배정받고, 급식 교육 등 더불어 살아가기 위한 공동체 생활을 배웠다.

2학년과 3학년 아이들은 순차적으로 에고그램 검사와 학교폭력 예방교육, 상벌점제 안내 교육을 받았다. 내가 누구인지 이해하는 것과 상대에 대한 존중을 함께 학습하는 것이 3월의 교육목표였다.

새학년준비주간 동안 많은 프로그램이 진행되었지만, 가장 내 심장을 뛰게 한 건 3학년 선배들과 1학년 아이들이 짝을 이뤄 함께 반송중학교를 산책하는 시간이었다. 마냥 사고뭉치 같던 아이들이 선배라는 단어를 듣자 갑자기 의젓하게 변해 점잖게 후배들을 이끌 수 있기 때문이다.

졸업이 가까운 까마득한 형들과 학교를 둘러보면서 1학년 아이들의 눈빛에서도 조금씩 두려움이 걷혀갔다. 3학년 선배들은 단순히 학교 건물만이 아니라, 선생님들의 특징도 알려줬다. 아이들이 좋아하는 게임에서 흔히 말하듯, 생생한 '반송중학교 공략법'인 셈이다.

1학년 아이들은 학교를 알고, 친구를 알고, 새로운 관계를 통해 중학생이 된 나를 알아가기 시작했다. 그렇게 천천히 반송중학교가 두렵고 막막한 공간이 아니라 안전한 공간임을 깨달아갔다. 새학년준비주간의 마지막 시간에는 모든 학년 아이들이 '나를 소개합니다'라는 이름의 프로그램과 '회복적 서클'을 진행했다. 학년이 바뀌며 처음 만나는 친구들과 익숙한 친구들에게 내가 누구인지, 내가 어떤 과목을 좋아하는지 소개했다.

　　회복적 서클은 교실에 들어온 아이들과 담임선생님들이 둥그렇게 모여 앉는 것부터 시작했다. 앉은 자리에서 모든 학급 구성원의 얼굴을 마주하게 되자 아이들은 가볍게 이야기를 섞어갔다. 선생님들은 아이들에게 중학생이 된 지금 느낌은 어떤지, 교실에 앉아 친구들과 마주 보는 오늘의 감정은

어떤지, 그리고 한 아이씩 눈을 맞추며 좋아하는 음식이나 색깔을 물어봤다. 함께 호흡을 맞춰가면서 아이들은 조금씩 경계를 허물었다.

아이들의 대화를 돕기 위해 책상 위에는 다양한 그림과 사진이 놓여있었고, 토킹 스틱이라 불리는 작은 막대기를 만들어 그걸 손에 쥔 사람부터 이야기할 수 있게 했다. 원형 서클 안에서는 누구나 동등한 발언권을 가질 수 있었고, 아이들은 자연스럽게 서로의 이야기를 경청했다.

회복적 서클은 새학년준비주간의 마지막까지 이어졌고, 새로운 1년을 준비하는 아이들의 소감과 각오가 풍부하게 드러났다. 긴장했던 것보다는 무사히, 기대했던 것보다는 훨씬 더 설레는 1학기의 시작이었다.

## 반송을 천천히 걸어봐요, 선생님

처음의 호기로운 포부와 달리 학사 일정은 생각보다 빠르게 돌아갔다. 다른 선생님처럼 열정적이고 지치지 않는 모습을 보여주고 싶었지만, 하루하루 지쳐가는 나의 모습에 답답하기만 했다. 어느 오후 나는 운동장 스탠드에 앉아 긴 숨을 내쉬었다.

'정말 내가 잘 할 수 있을까, 나는 좋은 교사일까...'

쉬는 시간마다 밀려드는 고민은 머릿속을 복잡하게 만들었다. 에너지가 떨어질 때마다 나는 3층 구석 빈 교실로 들어가 불을 끄고 고요히 앉아 있었다. 모든 전등을 끄고, 빈 교실에 앉아 있으면 아이들이 뛰어다니는 소리, 친구들과 장난치는 소란스러운 소리가 들렸다. 수업 종이 울리면 금세 조용해지고 적막해지는 복도가 좋았다. 가까운 교실의 문이 닫히고, 선생님의 목소리와 사각하고 넘어가는 아이들의 책 소리가 들리면 혼란스럽던 마음도 차분해졌다.

교사를 꿈꾸던 대학생 시절에 몸과 마음이 지쳐도 언제나 쾌활함을 잃지 않았다. 결국에는 다 잘 될 거라고 믿었고, 의심하지 않았다. 문제가 보이면 숨지 않고, 적극적으로 나서서 해결하는 걸 좋아했는데 꿈에 그리던 학교에 와서 지쳐버리니 속상함을 쉽게 감출 수 없었다.

"선생님, 괜찮아요? 안색이 좋지 않아요."

"선생님! 어떻게 알고 오셨어요?"

"보이지 않길래 궁금해서 물어봤죠. 과학 선생님이 여기로 가보라던데요?"

적막하던 공간을 채우는 수학 선생님의 에너지. 우렁찬 목소리와 커다란 눈에서 뿜어져 나오는 생명력은 차갑던 공간을 온기로 채우기 충분했다. 수학 선생님은 나의 표정을 보고 어떤 마음인지 쉽게 알아차린 듯했다.

"민망하긴 한데 처음 반송중학교에 왔을 때 저도 엄청나게 고생했어요."

"선생님은 왠지 흔들리지 않고 통과했을 것 같아요. 제가 처음 반송중학교에 온 날부터 지금까지 찡그리는 걸 아직 한 번도 못 봤거든요."

수없이 많이 흔들렸다는 말은 후배를 위로하기 위해 꾸며내는 말 같지는 않았다. 놀란 나의 두 눈을 보고 가볍게 미소를 짓던 수학 선생님은 천천히 자신의 이야기를 전해주었다.

"처음 교사가 되면 누구나 자기만의 교육관과 사명감을 지니고 있잖아요. 그런데 시간이 지날수록 교사를 가장 힘들게 하는 것도 바로 그 사명감이에요. 소중한 사명 때문에 오늘의 나를 받아들일 수 없는 거죠. 여기 있는 모든 선생님이 그랬어요. 자기의 사명과 실제 자기의 모습이 달랐고, 꿈꿨던 것과 실제 학교라는 공간이 너무 낯설게 다가왔던 거죠. 한참을 헤매다가 다들 여기 다행복학교로 온 거예요. 우리도 다 똑같은 과정을 통과했고, 선생님이 유별난 것도 아니에요."

생각해보니 그동안 시험 합격을 위해 고민했어도 '좋은 교사'의 모습이 무엇일지에 대해선 진지하게 생각해보지 않았다. 당장 보이는 눈앞의 과제들을 정신없이 하나둘 통과하다 보니 교사가 되었다. 교사로서 바른 모습이 무엇일지 다행복학교인 반송중학교에 와서야 처음 고민해본 것이었다.

"선생님도 처음에는 저랑 비슷했나요? 시간이 지나면서 단단해지신 거겠죠. 저도 성장하면 강해지고 더 넓은 관점을 갖게 될까요?"
"많이 바뀐 거예요. 교사가 되고 연차가 점점 쌓이니까요. 그렇게 교사가 되어가는 거 같아요. 경험이 쌓이면서 조금씩 변해가겠지만, 아이들이 주는 자극에 따라 변화하는 나를 오롯이 인정하는 것 역시 어쩌면 아이들에게 기꺼이 영향받을 수 있는 좋은 교사의 자격 아닐까 싶어요. 오선희 선생님, 혹시 반송을 좀 걸어본 적이 있나요?"
"아니요. 없어요. 퇴근하고는 바로 지하철을 타고 나가서요."
"그럼 선생님, 천천히 반송을 한번 걸어봐요. 아랫반송과 윗반송 모두요. 걸어가면서 음악은 듣지 마시고 주민들이 서로를 어떻게 대하는지를 한번 유심히 잘 지켜봐요. 그렇게 골목을 천천히 따라 걷고 나면 또 다른 의지가 생길 거예요."

# 4월 – 정신을 차려보려고 해도
## 여전히 정신없는 4월

    학교의 시간은 빠르게 지나간다고 하더니, 잠시 눈을 돌린 사이에 매화가 지고 벚꽃이 피었다. 모든 게 새롭게 시작하던 3월과 달리, 4월이 되자 엄숙한 시험의 분위기가 학교를 가득 채웠다. 시험을 앞두면 선생님도 함께 긴장한다. 반별로 진도는 적당하게 맞춰졌는지, 수업 시간에 가르쳐준 것 이상으로 무리해 평가하지는 않는지, 그렇다고 아이들의 성장을 촉진하지 못할 정도의 단순한 걸 묻는 건 아닐지 선생님들도 끊임없이 토론하며 시험을 준비했다.

    중간고사 준비로 빈틈없이 빼곡한 일정 속 유일한 숨구멍은 수요일이다. 1주 차 '다모임'과 2주 차 '전학공', 그리고 3주 차 '주전자동'. 낯선 줄임말이 당황스러웠지만, 하나씩 경험하며 천천히 이해하게 되었다.

    먼저 '전학공'은 '전문적 학습공동체'의 줄임말이다. 교사는 '공부를 좋아하는 사람'이 되어야 한다는, 학교는 무엇보다 학습 지도를 고민하는 조직화된 학습공동체가 되어야 한다는 선생님들의 지향이었다. 전학공이 학년별로 운영되는 학습 모임이라면, 다모임은 학교의 중요한 사안을 결정하는 의

사결정기구로 기능했다.

처음 학교에 부임했던 나는 5교시밖에 없는 수요일 학사 일정을 보고 기뻤다. 물론 정해진 시수를 채워야 하기에 목요일은 7교시였지만, 한 주의 중간에 나만의 연구 시간을 가질 수도 있겠다는 생각이었다. 하지만 웬걸 반송중학교의 수요일은 모든 선생님이 모이는 가장 바쁜 요일이었다. 모두가 오후 시간을 할애해 학년별로 융합프로젝트를 기획하거나 수업 나눔에 집중했다.

또한 학년별 전학공 직무연수에 모두 참여했다. 1학년 공동체 이름은 'I'm Possible', 2학년 공동체 이름은 '우분투', 3학년 공동체 이름은 '3공체'. 전학공에서는 매월 치열한 회의를 통해 학년별 계획을 세웠다. 모든 구성원이 공동체로 참여했기에 아직 경험이 부족한 나도 쉽게 학교의 방향성을 이해할 수 있었다.

만약 학교에서 교사가 자신에게만 편한 것, 혹은 나 자신에게 너무 집중하는 개인주의를 유지한다면 아이들을 위한 진정한 고민을 시작할 수 없을 것이다. 선생님들은 넓은 바다에 홀로 있는 텅 빈 섬처럼 학년과 교실을 구별하고야 마는 고립주의를 타파하기 위해 매주 수요일마다 진심을 다했다.

아이들에게만 협력적 수업을 강조할 수 없었기에 교사부터 동료들과 함께 고민하고, 모둠을 이뤄 성취감을 얻으려 노력했다. 모둠활동의 진정한 의미와 동반함으로써 얻는 성장을 우리부터 알아야 아이들을 설득할 수 있었다. 새로운 건 교사가 먼저 실천해야 했고, 의미를 느낀 후 천천히 스며들 듯 아이들에게 전달되는 것이 교육의 물길이었다.

교사로서 성장하는 모임이 '전학공'이라면, 지친 마음을 회복할 수 있는 시간은 '다모임'이었다. 다모임 시간마다 선생님들은 간단한 소개와 함께 요즘 나의 학교생활이 어떤지 이야기를 나눴다. 변화가 없는 학교 안에서 똑같은 과목의 수업이 반복되니 이야기가 비슷할 법하지만, 동료 선생님들이 꺼낸 이야기는 매월 새로웠다.

경험이 많은 선생님들도 여전히 마음은 여렸고, 아이들의 정제되지 않은 이야기에 상처를 받기도 했다. 선생님들은 솔직하게 '요즘 어떤 아이하고 마찰이 있어서 어렵다', '학교로 출근하는 길이 우울하다'라거나 '지금 이런 고민이 머릿속을 떠나지 않는다'는 개인사까지도 터놓고 나누었다. 나만 힘들다고 생각했는데 다모임에 함께 둘러앉은 경력 많은 선생님도 힘들어하고 있었다. 생채기가 난 마음을 제때 들여다보지 않으면 곪고, 조금만 놓친다면 작은 상처를 봉합할 기회마저 놓치기도 한다. 우리가 함께 교사로 마주 앉아 서로 솔직해질 수 있는 시간이 다모임이었다. 다모임은 마음을 돌보는 시간이었고, 전학공은 올바른 교사가 되는 시간이었다. 정신없는 4월이지만, 매주 수요일 모든 선생님과 나누는 대화가 나를 위로했고, 치유했다.

# 5월 – 기대 만발 '봄학교', 아이들이 살아있다

시험이 끝난 학교에는 여유가 감돌고, 싱그러운 봄의 계절에 맞춰 아이들도 조금씩 표정과 어깨에 활력이 감돌았다.

다른 모든 곳이 그렇듯 반송중학교 역시 5월 초 중간고사가 끝나자마자 축제 준비로 돌입했다. 반송중학교를 채울 축제의 이름은 '봄학교'. 학교의 모든 구성원이 신나는 일주일을 보내는 시간이다.

반송중학교 봄학교는 교육의 세 주체가 함께 힘을 모아 준비하는 축제였다. 학생과 학부모, 교사가 한데 어우러져 축제의 다채로움을 채웠다. 봄학교를 준비하며 학생회 아이들과 학부모, 실무사와 교사들이 매주 회의실에 모여 어떻게 하면 축제다운 축제가 될 수 있을지 기획 회의를 진행했다.

드디어 봄학교가 시작되고, 멋진 포문을 연 건 아침맞이었다. 학년 자치로 실력을 쌓은 아이들이 실력을 발휘했다. 아이들은 학교로 올라가는 언덕 아래에서부터 제기차기, 투호 던지기, 딱지, 생수병 바로 세우기, 컵 안에 공 넣기까지 등교하는 길 곳곳을 게임 스팟으로 만들었다. 오늘만큼은 지루한 등굣길을 벗어나 재미난 미션을 수행하는 게임장과 같았다.

훈훈한 바람이 불어오는 봄학교는 우리 동네만의 작은 패션쇼 무대이기

응답하라 반송중

도 했다. 칙칙한 남색의 교복이 아닌 옷장 속 사복을 입고 등교하는 아이들은 마치 들에 핀 꽃처럼, 산에 핀 잎사귀처럼 형형색색의 다양한 옷을 입고 교문을 채웠다. 짙은 채도의 교복만 입을 땐 모두 비슷한 표정의 아이들이었는데 각자의 개성이 담긴 사복을 입고 만나니 교실에서는 쉽게 보지 못했던 아이들의 다채로운 이면도 발견할 수 있었다.

사복을 입은 아이들은 제법 어른스러워 보였고, 행동 하나하나에서 제각기 다른 취향이 느껴졌다. 아이들은 학교에 사복을 입고 왔다는 사실 하나만으로도 충만한 자유로움을 풍겼다. 발랄한 모습에 괜히 미소가 지어지는 하루.

봄학교는 축제이자 동시에 적극적인 교육의 시간이기도 했다. 아이들을 위해 범교과주제학습에 들어있는 필수교육인 통일교육-평화교육-다문화교육을 봄학교에 배치했다. 지루한 동영상 강의와 아이들이 낯설어하는 외부 강사를 통해 필요한 시수만 채우는 방식이 아니라, 아이들이 적극적으로 이해할 수 있도록 축제 속에 교육을 녹여냈다. 이번 봄학교에서도 '장애인 이해 교육'과 '흡연 예방 교육', '성교육'까지 폭넓게 배치해 즐거움과 학습을 모두 잡을 수 있었다.

이번 봄학교의 백미는 둘째 날 오후에 있었던 미니 스포츠대회였다. 한창 왕성한 혈기를 가진 아이들이니 서로의 생명력을 뽐내고 싶어 안달이었다. 반마다 고무총을 쏘고, 전통 놀이인 활쏘기와 제기차기를 하는가 하면 숏폼콘텐츠에서 유행하는 챌린지 형태의 프로그램도 만들어 진행했다. 그리고 열심히 신나게 뛰어논 아이들을 위해 학교에선 쉽게 보지 못했던 메뉴를 준비했다. 영양사 선생님과 조리종사원 분들 모두 두 팔을 걷어 올려 전교생을 위해 치킨을 만들었다. 온 학교와 복도에 가득한 고소한 기름 냄새. 다양한 색감의 옷을 입은 아이들과 코를 간지럽히는 기름 냄새가 어제까지의 학교와 다른 봄학교를 만들었다.

축제라는 하나의 장을 펼친 건 반송중학교 교사와 실무사 선생님들이었지만, 봄학교를 가득 채운 건 아이들의 땀방울과 웃음소리였다. 봄학교를 마무리하며 아이들은 모두 소감문을 써서 제출했고, 선생님들은 아이들의 경험을 분석했다.

봄학교 설문지의 1번 질문은 이번 봄학교가 얼마나 재밌었는지가 아니었다. 선생님들은 아이들에게 각자의 기획 경험과 어떤 프로그램에 얼마나 열심히 참여했는지를 물었다. 봄학교의 주인이 누구인지 마지막 사후평가를 통해 다시 알려주는 것이다. 아이들은 봄학교를 평가하고, 반성하며, 내년에 있을 새로운 봄학교를 상상했다. 매년 돌아오는 반송중학교의 봄학교가 꾸준히 진화해온 이유다.

# 6월 - 전문적 학습공동체와 수업 나눔 주간

6월이 되기 전부터 매일 긴장감에 잠 못 이루던 시간들. 6월엔 선배 교사가 나의 수업에 들어오는 수업 나눔 주간이 있다. 수업 나눔은 동료 교사가 진행하는 수업에 참관해 서로의 수업을 관찰하고 자신의 수업을 개선할 수 있는 지점을 발견해 함께 성장하는 시간이었다. 아직 아이들과 진행하는 수업도 익숙지 않은데 선배 교사들이 참여한다는 소식에 나는 매일 밤 악몽을 꿀 정도로 긴장했다.

분명 지금까지 능숙하게 아이들과 수업을 진행했음에도, 수업 나눔을 하는 당일에는 무언가에 씐 듯 단어도 더듬고 수업의 갈피도 잡지 못했다. 까마득한 나이의 선생님들이 수업에 들어오자 평소보다 훨씬 더 많이 긴장한 탓이다. 부족한 모습을 보여준 것 같아 걱정하는 내게 동료 선생님들이 다가와 따뜻하게 위로해주었다. 우리가 아이들을 줄 세우기 위해 평가하지 않는 것처럼 수업 나눔도 선생님의 수업 역량을 평가하는 시간이 아니라는 격려였다.

실제로 수업 나눔 주간이 끝나고 모인 전문적 학습공동체에서 선생님들은 누구의 수업도 평가하거나 비난하지 않았다. 오직 수업을 참관하며 각자가 새로 배우게 된 성장지점에 관해서만 이야기를 나누었다.

선생님들은 도입-전개-정리 단계로 수업을 나누고 꼼꼼히 동료의 수업을 분석했다. 수업 흐름은 어떤지, 질문으로 아이들을 유도하는지, 수업에 임하는 태도는 어떤지를 세밀하게 파악해 알려주었다.

수업 나눔은 냉철했지만 차갑지 않았다. 오히려 진지하게 서로를 격려하며 우리가 하나의 공동체라는 걸 일러주었다. 우리는 교사로서 아이들로부터 배우고, 또 열심히 수업에 임하는 다른 교사로부터 배우면서 끊임없이 서로를 성장시키는 '배움의 공동체'였다.

배움의 공동체에서 교사가 해야 할 역할은 분명했다. 교사는 아이들이 서로를 통해 배울 수 있도록, 배움이 사람을 넘어 이어질 수 있도록 징검다리의 역할을 해내야 했다.

교사와 아이들을, 학교 내의 아이와 학교 밖의 아이를, 오늘의 수업과 내일의 수업을, 하나의 지식을 더 넓은 또 다른 지식과 연결하고, 교실과 학교 밖 사회를, 아이들의 오늘과 미래의 가능성을 서로 연결 지으려 애써야 한다.

수업 나눔에 참여한 선생님들은 이 모두가 유기적으로 연결되었는지를 관찰했다. 교탁 앞에서 미처 다 보지 못한 아이들의 표정과 고민도 함께 참여한 선생님들이 관찰해주었다. 학생들의 생각이 바뀐 지점은 어디인지, 주춤대며 멈춘 지점은 어디인지, 내 수업과는 달랐던 아이들의 관계와 태도도 함께 수업 나눔에 참여한 선생님들이 집중해서 바라봐주었다.

다른 선생님들의 수업을 보면서 아이들의 배움이 깊어지도록 내 수업을 변화시키게 되었다. 수업 나눔을 통해 어떤 경험도 고여 있지 않고 서로의 시선을 통해 순환될 수 있도록 열정적으로 소통했다.

아직 긴장하고 있는 나에게 한 선배 교사가 찾아와 말을 걸었다. 나의 수업을 보며 앞으로 는 시작 전에 미리 들어가 부지런히 수업 준비를 해야겠다는 이야기였다. 누군가를 평가하겠다는 마음을 내려놓고 나부터 바꾸겠다는 그 순간부터 새로운 배움이 시작되었다. 수업 혁신의 시작이었다. 수업이 점점 편해졌다. 흔히 '수업 공개'라는 단어로 이루어지는 프로그램을 반송중학교에서는 굳이 '수업 나눔'으로 바꿨다. 아마 그 이유는 내가 보지 못하는 문제를 동료 선생님들이 함께 채워줄 것이란 믿음 때문이 아니었을까. 언제나 더 많은 사람과 문제를 나눌수록 답은 선명하게 보이는 법이다.

# 7월 - 1학기의 마지막, 학년융합프로젝트

  숨 가쁘게 달려온 1학기. 아이들의 마지막 능선인 기말고사가 끝나자마자 다시 학교는 분주하게 돌아간다. 이제 학기가 마무리되기 전에 5월부터 차분히 준비해왔던 '학년융합프로젝트'를 진행할 시간이다. 올해는 7월 둘째 주에 발표회가 잡혔다. 기말고사를 끝내고 방학을 앞둔 아이들은 홀가분한 마음으로 발표 자료를 제작하고 팀별 시나리오를 준비했다.

  이번 발표회를 위해 선생님들도 각자의 수업 시간에 아이들을 만나 틈틈이 내용을 준비해왔다. 주제에 맞는 책을 사서 공부하기도 하고, 관련된 수행평가를 거치면서 아이들과 함께 학년 프로젝트를 준비했다. 2월부터 계획을 세워 6월까지 이어왔으니 아이들의 봄과 여름이 가득 녹아 있는 셈이다.

  1학년은 이번 1학기 동안 '나다움 프로젝트'를 진행했다.아이들이 스스로의 호기심을 찾고 자존감과 자신감을 높이는 것이 목표였다. 새로 학교 구성원이 된 아이들이 학교의 비전과 다행복학교의 활동을 경험하며 체득할 수 있도록 실천의 기회를 제공하고자 했다.

  1학년의 비전은 '세상에 대한 호기심으로 나다움을 찾아가는 우리'였다. 수학, 과학, 영어, 미술, 국어, 체육과 가정, 사회와 과제 탐구까지 수행평가로 연결지었다. 아이들마다 하나의 주제를 정하고 직접 탐구했다. 친구들과 동료 선생님 앞에서 설명할 수 있도록 정리하며 배우고 성장했다.

아이들은 '나다움 프로젝트'를 통해 수학 시간에 새로운 공식을 외우기 보다는 '내가 사랑한 숫자'를 주제로 수와 나의 이야기를 대입시키며 내가 누구인지를 찾아가기도 했다. 나의 호기심을 긍정하면, 타인의 호기심도 긍정할 수 있기에 다른 것은 틀린 것이 아니라는 걸 배울 수 있었다.

2학년 아이들의 주제는 '배려'와 '협력'이었다. 본격적으로 신체 능력이 성숙해지고, 자신의 완력을 알아가는 아이들에게 필요한 안내는 공동체로서의 배려와 협력을 통해 더 거대한 공동의 성과를 얻어보는 경험이다. 아이들은 '반송마을 바꿈 프로젝트'라는 이름으로 직접 동네를 탐방하고, 골목의 무엇을 어떻게 바꾸면 좋을지 구글맵에 맵핑해보며 학교 밖 사회를 종합적으로 인식했다.

아이들이 배려해야 할 대상은 같은 교실을 사용하는 친구들과 선후배 학생들만이 아니었다. 학교로 오는 길에 만나는 골목의 작은 고양이와 들꽃부터, 평상에 앉아 계시는 할머니와 할아버지, 그리고 마을에 활기를 불어넣는 모든 상점과 마을 어른들까지였다. 배려를 위한 조건은 상대에 대한 깊은 이해이기에 2학년 아이들은 교과수업을 통해 반송마을에 대해 다각적인 정보를 학습했다.

어떻게 하면 반송이 조금 더 안전해질 수 있을지 과학적으로 분석하며 진단해보기도 하고, 도시를 새롭게 바꿀 수 있는 창의적인 주택 모형을 기술 시간에 만들어보기도 했다. 그리고 반송을 찾아온 외국인에게 동네를 자신

있게 소개할 수 있도록 반송의 사람, 사물, 골목, 공간을 영어로 설명해보는 학습도 진행했다.

내가 살아왔고, 앞으로도 살아갈 동네 반송을 교과목을 통해 적용해보고 비틀어보며 아이들은 학습의 의미를 일상생활과 엮어냈다. 반송이란 지역에 대한 사회의 인식과 편견에 아이들이 자신의 언어로 맞설 수 있도록, 또 다른 차별과 혐오의 언어가 퍼져나갈 때 누구와 함께 협력하며 누구를 배려해야 하는지 분별할 수 있도록 교과수업을 설계했다.

발표는 세 개 학년이 각기 흩어져서 진행했다. 모두 같은 날에 진행해 다른 학년의 융합프로젝트를 보지 못한다는 아쉬움이 있었지만, 많은 선생님과 학부모들은 직접 발표회에 참석하여 자신을 찾아 떠났던 아이들의 4개월간의 여정을 응원했다. 뜨거운 응원을 받은 아이들도 프레젠테이션과 구글 클래스룸, 이젤을 통해 자신이 누구인지 설명했다. 친구들은 다른 친구들의 발표를 경청하며 보고서를 작성했다.

　　1학기 마지막 다모임에서는 학년의 발표회를 준비하느라 전체 발표를 듣지 못한 선생님들을 위해 학년 부장 선생님들이 발표회 내용을 종합해 15분씩 전해주었다. 방학을 앞두고 있다는 설렘, 이렇게 1학기가 종료된다는 아쉬움. 너무 빨리 흘러가는 시간이 아쉬울 따름이었다.

　　떨리는 첫 학기를 마친 나도 학년융합프로젝트를 보았던 소감을 간략하게 전했다. 처음엔 너무 많은 긴장감으로 하루하루가 떨렸다면, 지금은 너무 많은 기대감으로 심장이 떨렸다. 생각했던 것보다 훨씬 만만하지 않은 교육 현장이지만, 밀려드는 파도를 뛰어넘을 때마다 단단해져 감을 느낀다. 하루가 다르게 키가 크는 아이들처럼 나 역시 성숙한 교사로서 매일 빠르게 성장했다.

응답하라
반송중

2부

# 우리들의 방학 숙제
## – 반송중학교 기록집 만들기 〈응답하라 반송중〉

여름방학까지 매일 아침 거창하게 진행되는 아침맞이. 교장 선생님, 지킴이 선생님, 학생부장 선생님이 교문 아래부터 중앙현관까지 줄지어 서서 뻘뻘 땀을 흘리는 아이들을 맞이했다. 마지막 중앙현관에선 학년 부장 선생님들과 보건 선생님이 함께 아이들을 안내했다. 오늘 학년 부장 선생님은 스피커로 바이올린 협주곡 실황 라이브를 틀어 아이들을 만났다. 교문을 시끄럽게 가득 채우는 매미 소리와 함께 환상의 하모니를 자랑하는 선곡이었다.

여름방학을 앞둔 아이들은 방학중 학생 자율 동아리 활동을 계획했다. 영화동아리, 도시농부 동아리, 목공 동아리, 메이커스 동아리, 외발자전거 동아리까지. 친구들과 멘토 선생님을 찾아 시간을 채울 재미난 일들을 계획했다.

내 머릿속에도 수학 선생님이 학기 초 제안했던 반송마을 산책 이야기가 남아있었다. 여전히 반송이란 동네를 알고 싶었고, 왜 선생님들이 이렇게까지 열정적으로 학교에 녹아드는지, 이곳에서 만나는 아이들은 어떤 환경을 통과하는지 알고 싶었던 나는 결국 아이들과 함께 학교와 마을의 역사를 기록하는 '마을 역사탐방 동아리'를 만들고 말았다.

　모인 아이들은 총 7명. 모두 2학년 1반 아이들이다. 나와 아이들은 먼저 포털사이트에서 지도를 검색해 반송을 바라보았다. 길게 늘어져 있지만, 산맥을 가운데에 두고 양쪽으로 갈라져 있는 구조. 마을 사람들은 오른쪽을 윗반송, 왼쪽을 아랫반송이라 불렀다. 아이들은 윗반송과 아랫반송의 역사를 비롯해 왜 우리 학교가 다른 곳과 다른지, 이렇게 재미있는 다행복학교가 어떻게 시작하게 되었는지 듣고 싶어 했다. 그렇게 지어진 프로젝트의 이름은 '응답하라 반송중!'.

　교장 선생님도 2학년 1반 아이들의 '마을 역사탐방 동아리' 활동을 응원하며 맛있는 다과로 격려했다. 교장 선생님은 우선 학교의 연혁실부터 함께 살펴보기를 권유했다. 지금은 교육 도구로 가득하지만, 연혁실 안에 반송중학교의 지난 흔적이 녹아 있다는 힌트를 주셨다.

　뽀얗게 먼지가 쌓인 연혁실. 나는 아이들과 큰 숨을 들이쉬고 서랍 속 오래된 앨범을 꺼냈다. 지난 학교의 졸업생들과 교사들의 모습이 담긴 사진들. 노랗게 바래있는 사진 속에는 아직 닦이지 않은 반송 거리와 황량한 뒷산의 모습이 있었다.

　"얘들아. 아무리 그래도 1960년대 개교한 반송중학교의 이야기부터 시작하면 너무 어렵겠지?"

　"선생님, 그냥 다른 선생님들한테 물어보면 안 돼요? 우리가 직접 찾기엔 힘들 것 같아요."

　"다른 선생님들도 옛날이야기는 모르시지 않을까?"

"아니요. 지금 선생님들 말고요. 처음 다행복학교 만드셨던 선생님들하고, 여기서 오래 계셨던 선생님들 만나서 이야기 듣는 게 더 빠를 것 같은데요?"

어지러운 연혁실을 치우는 아이들의 뒷모습에서 제법 흥미로움이 느껴졌다. 수업 시간 내내 졸거나 연필만 돌리던 아이들의 색다른 모습. 마치 셜록이라도 된 듯 연혁실에 적힌 문장의 흔적을 좇던 아이들은 앞서 반송중학교를 경험한 선생님들의 이야기를 들어보자는 그럴듯한 제안을 했다. 점심시간 내내 연혁실을 치워도 별다른 기록을 찾지 못한 우리는 과학 선생님을 찾아가 반송중학교를 설명해줄 수 있는 분들의 리스트를 정리했다.

"선생님, 연혁실을 뒤져봤는데 너무 옛날 자료들만 있어서요. 반송중학교의 생생한 이야기를 듣기에는 어려울 것 같아요."
"그럼 이번에 아이들하고 다행복학교 이야기로 좁혀서 기록해보는 건 어때요? 선생님도 다행복학교가 어떤 곳인지 궁금하다고 했잖아요. 이번 기회에 같이 알아봐도 좋을 것 같아요."

과학 선생님은 프린터 옆에 있는 이면지를 꺼내더니 생각나는 대로 만나봐야 할 선생님의 이름을 적어 내려갔다. 얼핏얼핏 보이는 이름들. 아직 내겐 너무 어려운 원로 선생님들의 성함뿐이다.

"그럼 어떤 선생님부터 만나보면 좋을까요?"

"다행복학교를 시작했던 분들이 있어요. 이영일 선생님, 김주영 선생님, 배정숙 선생님과 김성미 선생님, 그리고 지금은 다른 곳으로 가신 홍명희 선생님이죠. 우리들은 다행복학교를 시작한 독수리 오자매라고 불러요."

"아, 그 말로만 듣던."

"독수리 오자매가 다행복학교 만들고 이후에 조광래 선생님도 함께하셨어요. 혹시 보건 선생님 아세요?"

"네. 지난번에 따로 인사드렸어요."

"강영옥 보건 선생님도 반송중학교에 2013년부터 계셨어요. 다행복학교 훨씬 전부터요. 아이들 이야기대로 지금 계시는 선생님들 이야기만 들어도 충분하겠네요. 어쩌면 연말까지 그럴듯한 기록집이 나올 수도 있겠는데요?"

귀여운 글씨체로 빼곡히 적힌 이름들. 과학 선생님은 선생님별로 꼭 들어야 할 이야기도 함께 메모해주었다. '엉망진창 급식 시간', '씨앗동아리'. '4대 천왕'과 같이 알지 못할 단어들. 아이들과 나는 교무실 한쪽에 앉아 각자 묻고 싶은 질문지를 정리했다. 그렇게 맞춰진 다섯 개의 질문들.

1. 선생님에 대해 소개해 주세요.

2. 선생님이 기억하는 반송중학교의 이야기는 무엇인가요?

3. 선생님이 기억하는 학생은 누구인가요?

4. 선생님에게 다행복학교는 무엇인가요?

마지막 질문은 오랜 고민 끝에 아이들이 제안한 질문을 담기로 했다. 아이들이 선생님들에게 꼭 묻고 싶었던 질문은 '선생님에게 행복은 무엇인가요?'였다. 매일 반송중학교로 출근해 아이들에게 행복을 가르쳐주는 선생님들이 정작 스스로 생각하는 행복은 무엇일지 아이들은 궁금해했다. 이제 한번도 마을을 걸어본 적 없던 나와 아이들은 짧은 여름방학 동안 반송의 골목 곳곳을 누비며 마을의 이면을 들여다보기로 했다.

# 아랫반송에서 발견한 오래된 반송중학교

나는 아이들과 작은 노트와 카메라를 들고 마을로 향했다. 윗반송과 가까웠던 반송중학교였기에 우선 학교를 나와 위쪽으로 걸음을 옮긴 우리들. 처음 와보는 동네라 천천히 골목을 헤매며 걸었는데 십여 분의 산책만으로도 대강의 구조가 그려졌다. 생각보다 도로가 넓게 만들어졌고, 쭉 뻗어있어 길을 헤맬 여지가 없는 동네였다.

지도 애플리케이션으로 본 윗반송과 아랫반송은 모두 마치 계획된 신도시가 조성된 것처럼 바둑판 모양의 모습을 갖추고 있다. 모든 집들이 오와 열을 맞춰 도열 한 듯 빼곡히 놓여있었고, 건물과 건물 사이는 발 디딜 틈 하나 없이 가까웠다.

아이들과 나는 반송을 걸으며 왜 이 동네에 사람이 모이게 됐는지, 왜 문을 열면 이웃집이 보일 정도로 가까운 구조가 됐는지 궁금해졌다. 그리고 함께 발견한 특징은 반송 사람들은 정말 서로를 향해 인사를 많이 한다는 점이었다. 횡단보도 앞에 서 있던 아이도 동네 어른에게 꾸벅 인사를 하고, 낡은 오토바이를 타고 가던 아저씨도 거리에 앉아 노점을 하는 할머니에게 반갑게 안부를 여쭈었다. 서로가 반갑게 서로를 부르며 가볍게 건네는 인사들.

서로의 삶이 끝없이 중첩되는 높은 친밀성의 밀도가 반송만의 독특한 분위기와 특징을 만든 것은 아닐까 상상했다.

아이들에게 반송은 이미 친구들과 수없이 뛰어다니며 오갔던 골목이었지만, 카메라와 노트를 들고 취재하듯 뜯어보는 동네는 어색하고 새롭게 느껴지는 모양이었다. 나 역시 익숙하다 느꼈던 골목의 냄새와 건물의 생김새, 좁고 긴 공간의 감각이 새삼 어색하게 다가오자 왜 선생님들이 학교를 최대한 넓게 사용하려고 하는지, 왜 교육 현장을 마을까지 넓히려고 하시는지 이해할 수 있었다. 언제나 익숙한 걸 새롭게 바라보는 것이 교육의 시작이었다.

우리는 윗반송을 지나 아랫반송으로 내려가 천천히 골목을 거닐었다. 작은 식료품 가게도 들어가 보고, 전봇대에 붙은 광고도 살펴보았다. 그러다 발견한 눈앞에 있는 낡은 학교와 출입 금지를 알리는 거친 팻말을 바라보았다. 익숙한 다섯 글자가 보였다. '반송중학교'

아이들과 나는 다시 학교로 돌아와 아랫반송에서 발견한 '반송중학교' 건물에 대한 취재를 이어갔다. 아랫반송 골목 한가운데 있던 옛 반송중학교는 무려 50년 전인 1974년에 개교한 건물이었다. 반송중학교가 새롭게 만들어졌다는 소식에 아이들은 조금씩 학교에 쌓인 이야기에 흥미를 느끼기 시작했다. 현재 아이들과 수업이 이루어지는 학교는 과거 운송중학교라는 곳이었다. 운송중학교는 1994년에 개교해 30년이 되지 않은 건물이었고 줄어드는 학령인구와 반송동 아이들의 안전과 교육권을 위해 결국 두 중학교는 2020년 합쳐졌다. 그래서 반송중학교의 많은 것이 새롭게 정돈되어 있었던 것이었다. 페인트부터, 교실 환경, 깨끗한 학교 체육관까지. 완전히 새것은 아니었지만, 기본공사를 마친 덕에 아이들도 선생님도 모두 쾌적한 환경에서 수업을 진행할 수 있었다.

반송중학교의 시작과 변화를 알게 된 아이들은 그 시작과 과정에 대해 순수한 호기심이 생겼다. 아이들의 작은 불씨를 키워주고 싶었던 나는 과학 선생님을 비롯한 선배 교사들의 지원으로 반송중학교를 다행복학교로 만든 과거의 선생님들, 특히 아랫반송에서 지금의 운송중학교 자리로 이동할 때의 선생님들과 만나 그간의 이야기에 주목해보고자 했다.

선생님들은 오랜 고민 끝에 이영일 선생님, 김성미 선생님, 김주영 선생님, 배정숙 선생님, 홍명희 선생님까지의 '반송중 독수리 5자매'와 조광래 선생님, 황선영 선생님, 강영옥 선생님, 이미혜 선생님, 그리고 교무실 업무의 기둥인 김진희, 김윤경 실무사 선생님과 학교운영위원장을 역임했던 학부모 조영희 학부모회장과 전 학생회장, 김세홍을 만나보길 추천해주었다.

# 너에게 자비롭게 대하라
## – 이영일 선생님

얘들아 반가워. 얼굴 훨씬 좋아졌네. 선생님 이름은 이영일이고 2015년에 왔으니까 이제 8년 차네. 뭔가 네가 물어보니까 뭉클하다. 선생님은 혁신학교를 경험해보고 싶어서 2015년에 지원해서 왔어. 2016년에는 교육과정 부장도 하고. 맞아, 독수리 오자매였어. 지금은 한국어 학급을 담당하고 있고, 아마 올해가 마지막이 아닐까 싶어. 선생님 개인적으로도 이제 마지막 인생 계획을 세우고 있고.

내가 기억하는 이야기? 독수리 오자매지. 그땐 교무실에 밥솥 가져다 놓고 학교에서 살았어. 여름방학 시작하기 전까지는 매일 퇴근을 늦게 하고. 다섯 명이 모여서 매일 저녁 8시까지 회의하고 의논하고 일하고 협의하느라 바빴어. 그땐 반송중학교에 교사 자율 동아리라는 게 있었거든. 선생님들끼리 모여서 걷거나 요가를 하거나 했어. 우리가 수요일에 5교시 하잖아. 그때 선생님들은 일찍 마쳐서 동아리 활동하는데 우리는 다행복학교 만들 거라며 매일 모여서 회의만 했어.

　제일 기억나는 애들은 '다행복둥이'지. 처음 다행복학교를 했던 2016년에 입학해서 3년 다니고 졸업한 아이들. 정말 힘들게 다행복학교를 준비했고, 우리가 만든 학교에 와서 3년을 꼬박 채운 아이들. 사실 선생님은 다행복둥이랑 가깝게 지내질 못했어. 처음에는 업무팀에만 있어서 일만 했거든.

　너희도 학교 다녀봐서 알겠지만, 우리가 다른 학교랑 크게 다르지는 않아. 다른 학교 친구들이 받는 교육과정을 똑같이 받아야 하니까. 그래도 선생님들은 어떻게 하면 더 잘 전달할 수 있을까 고민하고 변화를 많이 줬어. 너희들이 성적 때문에 스트레스를 덜 받으면서도 공부를 열심히 할 수 있게 수행평가 점수 비중을 높이는 등 다양하게 실험해봤지.

　허용된 범위 안에서 할 수 있는 건 다 했는데 학부모님들한테 여전히 아쉬운 소리도 많이 들어서 고민이 많아, 선생님도. 지금은 너희가 국영수사과를 어떻게든 잘할 수 있게 다들 고민도 많이 하고 있어. 선생님도 결국은 학교라는 테두리 안에서 변화를 만들어야 하니까.

선생님이 처음 학교에서 교사가 되려고 준비했을 때, 그땐 일 년에 100명 정도의 아이들이 수능이 끝난 날 스스로 목숨을 끊었어. 성적 때문에 너무 많이 미래를 비관했고, 자신을 혐오했고, 부모님을 만나기 부끄러워했어. 그때 수능은 시험이 아니라 심판과 같았거든. 네가 어떤 인간이고, 어떤 삶을 살아갈 것이라는 심판. 열아홉이란 나이가 감당하기엔 너무나 버거운 온 사회의 심판이었어. 그렇게 내가 학교로 왔는데 어디서부터 뭘 해야 할지 모르겠더라고. 마음 맞는 동료들과 열심히 고민하며 변화를 시도해도, 제도나 우리에 대한 사회적인 인식도 점점 꼬여만 갔지.

교사가 되려고 학교 다닐 때도 힘들었는데 교사가 되고 나서 다시 아이들에게 사회를 가르치기 위해 학교 다니는 것도 힘들었어. 대학이라는 그 하나 때문에 아이들의 웃음이 모두 중요하지 않은 것이 되어버린다는 게 힘들었지.

결국 선생님들 모두 너희가 행복하길 바라는 마음에 이렇게 열심히 하는 거야. 누군가가 열심히 하지 않으면 더는 행복하기 어려운 세상이니까. 그러다 어떤 연수를 갔는데 혁신학교라는 이름의 프로젝트가 있었고, 거기서 아이들과 선생님 모두 하나가 되어 행복하게, 또 즐겁게 생활하는 걸 봤어. 지체할 이유가 없었지. 내가 있는 여기 부산에서도 저 웃음을 되찾아야겠다,

우리 아이들과 즐겁게 생활하고 싶다고 결심했어. 선생님은 혁신학교, 부산에서는 다행복학교가 교육 현장을 바꾸는 하나의 운동이라고 생각해. 아직은 검증받을 것도 많고, 해소해야 할 불안도 많지만, 그것들을 기꺼이 다 받아들이고 뛰어넘어야만 하는 하나의 운동이야. 다행복학교 때문이라고 말하기에는 아직 이르지만, 조금씩 변화가 보이기도 해. 실제로 스스로 목숨을 끊는 아이들의 숫자가 전국적으로 줄어들기도 하고, 이 방식이 교육적 효과가 부족하지 않다는 연구도 나오고. 아직 다듬어야 할 것들이 많지만, 동료 선생님들의 열정을 보면 그것도 깔끔하게 해낼 수 있다고 믿어.

　제일 기억나는 건 2016년에 했던 교육 프로그램이지. 정말 그때 꿈만 꾸던 모든 프로젝트를 실제도 다 해봤어. 독수리 오자매하고 엄청 많은 이야기를 하며 준비했으니까 이미 서로가 어떤 걸 해보고 싶었는지 잘 알고 있었지. 조율도 빨랐고, 실행도 거침없었어.

　예를 들면 이미 너희가 일상적으로 경험하는 '봄학교'와 '가을학교'. 그 계절학교들을 그때부터 시작했어. 어쩌면 우울할 수도 있을 시험 기간이 끝나고 바로 이틀이나 사흘 정도는 교복이 아니라 너희가 편한 옷을 입고 학교로 오도록 한 거지.

　학교가 너희를 평가하는 곳만은 아니라는 걸 알려주고 싶었어. 그래서 그때 학교에서 다양한 체험도 하고, 창의적인 활동도 할 수 있게 마련한 거야. 그리고 학교에서는 꼭 너희들에게 가르쳐야 할 것들이 있어. 예를 들어 성교육이나 다문화 교육 같은 것들. 이젠 교육 지침이라 꼭 해야 하는데 그걸 가만히 교실에 앉아서 티브이로 동영상 보는 게 아니라 직접 활동하면서 적극적으로 탐색해보는 거지. 다문화를 주제로 플래카드도 만들고 각자의 성 개념에 대해 약속도 해보고. 교사에게도 부담스러운 주제들을 너희와 함께 적극적으로 뜯어보려고 한 거야. 새로운 의미를 붙이기도 하고.

봄학교, 가을학교마다 교문에 나가서 독특한 복장을 하고 너희를 반갑게 맞이하고 안아주는 것도, 미니 스포츠 경기로 학교를 꽉 채우는 것도, 모두 너희의 삶에서 시험이 전부가 아니라는 걸 어떻게든 알려주고 싶었던 선생님들의 고민이었어.

나에게 다행복학교란 무엇일까. 제일 어려운 질문이네. 물론 다른 학교도 마찬가지였겠지만, 이번 코로나 시기를 통과하면서 많이 느꼈어. 교장 선생님이 거리두기 하자마자 다른 친구들 점심 못 먹는다고 걱정하면서 복지사 샘과 같이 도시락 배달을 갔었어. 그때 느꼈지. 우리가 다행복학교를 하는 이유가 이게 아닐까. 학교 밖에 있는 아이들까지 함께 챙기고, 너희들을 줄 세우고 평가하는 게 아니라 이렇게 학교에 불러서 같이 챙기고 밥도 먹는 거.

처음에 선생님들도 코로나로 거리두기 하면서 3분의 2가 등교해야 할지 아니면 전원 등교해야 할지 엄청나게 고민을 많이 했어. 그러다 결국 전원 등교로 결정 났어. 선생님 모두가 모여서 잘 관리하겠다고 서로 합의했거든. 반송중학교가 그리 크지 않아서 가능하기도 했겠지만, 아마 다른 학교 문화에서는 힘들었을 거야.

선생님은 다행복학교를 하면서 서로의 빈틈을 메꾸는 걸 배웠어. 논두렁에 구멍이 났을 때 그냥 두면 둑이 다 터지거든. 옆에서 동료의 빈틈을 메우면 학교가 튼튼해진다는 걸 배웠어. 아. 너희는 논두렁이 뭔지 모르려나? 하여튼 동료의 빈틈을 내가 메우면 아무 일도 일어나지 않아. 너희들에게 아무 일도 일어나지 않게 하는 것. 선생님은 그게 교육인 것 같아.

너희는 모를 수도 있지만, 지금 반송중학교의 많은 선생님이 그렇게 교육자가 되려고 애쓰고 있어. 부스러기가 흩어져 있으면 줍고, 사건이 벌어지면 혼자 메우고. 오늘도 그렇게 지내고 있을 거야, 다들. 오늘도 이 학교에서 아무 일도 일어나지 않았다는 거, 그게 선생님은 축복이라고 생각해.

너희는 상담 선생님 만나본 적이 있던가? 사실 선생님은 얼마 전에 만났거든. 선생님도 이제 지쳐서 소진되었나 봐. 마음이 힘들어서 상담 선생님을 만났는데 시를 하나 보내줬어. 한번 읽어줄까?

〈너에게 잘하라〉

– 안셀름 그륀

'너에게 잘하라'는 말은

첫째 '너에게 자비롭게 대하라'는 뜻이다.

'나에게 잘한다'는 것은, '나 자신과 함께 느낀다'는 것을 의미한다.

다시 말하면, 내 안에 있는 상처 입은 아이에게 다가가

그에게 연민을 느낀다는 것을 의미한다.

나 자신의 약점에 화내지 않고, 약점을 사랑으로 대하고,

약점과 같이 느낀다는 것을 뜻한다.


약점의 초라함은 오직 따뜻한 시선에 의해서만 변하게 된다.

자신에게 잘한다는 것은, 내 안의 불행하고 고독한 것에 마음을 여는 것이다.

내 안의 보잘것없음과 사이좋게 지내는 기술을 배운다면,

바로 이 보잘것없음은 축복의 근원,

아니, 보다 깊은 행복의 근원이 될 수 있을 것이다.


자기 자신에게 잘한다는 것이,

항상 어디에서나 자신을 용서하고,

자신의 실수를 보지 않는다는 것을 의미하지는 않는다.

물론 항상 스스로에게 미안해하고, 죄의식으로 괴로워하고,

자기 자신에게서 나쁜 것만을 찾아내는 것 역시도 좋지 않다.


네가 영웅이 아님을 받아들이고 인정하라.

너의 실수와 약점을 받아들이되 그것들을 물고 늘어지지 마라.

하느님이 용서하셨으니, 너도 용서하라.

너 자신에게 자비로워라.



오늘도 이 시를 읽었어. 그동안 열심히 해왔다고 생각했는데 그래도 계속 내 옆 사람과 나를 비교하면서 능력이 없고 초라하다고 느껴지더라고. 이

상하게 그랬어. 이 시를 많이 읽고 나서는 능력치를 넘어서서 너무 인정받으려고 애쓰지 않고, 다행복학교를 잘 이끌어야 한다는 의무감에서도 벗어났어.

선생님은 한참 늦었지만, 너희들은 이제 시작이니까. 다른 사람에게 무언가 보이기 위해서 애쓰거나 하지 않았으면 좋겠어. 네게 의미가 있거나 네가 중요하다고 생각하는 가치를 위해서 애쓰면 하루하루가 즐거울 거야.

# 갑갑함을 해소할 수 있었던 기회
## – 김성미 선생님

　이름은 김성미고, 2012년에 반송중학교에 왔어. 올해가 2022년이지? 그럼 딱 10년이네. 다행복학교가 만들어지던 2016년부터 2021년까지 다행복부장을 했고, 지금은 2학년 부장을 맡고 있어. 처음엔 다행복학교 다들 싫다고 했었어. 그때 이영일 선생님이랑, 김주영 선생님이랑 해서 교감 선생님에게 혁신학교 해보자고 했거든. 반대가 심했지.

　그러니 어쩔 수 있나. 선생님들끼리 소모임으로 모여서 활동했어. 학교가 이렇게 바뀌면 좋겠다고 꿈꾸는 사람들이 모여서 수다 떨면서, 2015년도에는 씨앗동아리 활동했던 사진 모아서 달력도 만들어보고, 학기별로 원격연수도 해보고, 독서토론도 해보고, 소모임에서 엄청 다양하게 활동했지. 이영일 선생님도 2015년에 소모임 활동하면서 처음 만났을 거야.

　그러다 그해 여름이었나? 엄청 더웠던 날에 부산 지역에서 혁신학교 꿈꾸는 사람들끼리 모여서 워크숍을 했었어. 그때 모두의 마음에 불씨가 지펴진 거지. 지역별로 다행복학교 모임이 시작되고 해운대 모임에서 동료들을 많이 만났어. 반송중학교에서 다행복학교를 시작해보자는 결심을 하고 외부모임도 엄청나게 다니고, 반송중학교 동창회도 찾아가고, 학부모님들도 엄청나게 만났지. 반송중학교 졸업생분들에게 연락해서 모두 만나고... 고생 많았지, 그때.

지금 생각해보면 막무가내였던 거 같아. 일반적인 흐름이 아니니까 당연히 심리적인 부담도 많이 느꼈고. 사실 다행복학교가 압도적인 찬성으로 된 건 아니야. 그때 59.8%였을 거야. 교사가 22명이었는데 그중 2명이 병가로 못 오고 아슬아슬했지. 변화를 고민하는 분들을 어떻게든 만나서 설득하고, 정말 그땐 매 순간이 고비였어.

나에게 다행복학교는 갑갑함을 해소할 수 있던 기회였달까. 정말 변화가 필요했어. 아이들을 위해서도, 우리를 위해서도. 그런데 그 변화가 관리자에 의해서 좌우되는 게 아니라 교사로서 나와 동료들이 주체적으로 결정하는 게 중요했어. 한 학급의 주체로서, 한 학교의 주체로서, 우리가 제대로 고민하고 있는지 고민이 컸지.

작은 씨앗동아리에서 했던 고민들을 선생님들과 의논해가면서 직접 실험해볼 수 있는 게 참 좋았어. 뿌렸던 씨앗이 이제 싹을 보고, 이렇게 2학년 1반 학생들과 오선희 선생님이 찾아온 것처럼 직접 무언가를 시도하는 문화가 자리 잡고 있잖아. 다행복학교를 만드는 과정도 행복했지만, 더 기분 좋은 건 이렇게 학교 안에서 각자 행복하기 위해 방법을 찾을 수 있는 토양이 만들어진 게 참 다행이라고 생각해.

다른 학교와의 큰 차이점? 선생님들이 너희들에게 더 집중할 수 있다는 게 아닐까? 너희도 아는 것처럼 우리 학교는 담임을 맡는 선생님이 따로 있잖아. 모든 학교가 이렇지는 않거든. 학교 체제를 바꾸는 거고 문화를 바꾸는 거라서 쉽진 않았어. 다른 선생님들도 꿈같은 이야기라고, 의욕만으로 덤비는 거라고 반신반의하면서 따라왔지. 지금은 담임선생님들도 수업에 집중할 수 있고, 교육의 방식도 다양해졌고.

혁신학교 처음은 선생님들이 만들었지만, 지금은 너희들이 만들어가고 있다고 생각해. 아침맞이도 선생님들이 기획했는데 지금은 너희들이 직접 준비하잖아. 현충일 기념 맞이도 하고, 캠페인도 해보고. 조금씩 너희들의 색깔이 섞이면서 학교가 진화한다는 게 선생님한테는 희망이고 버티게 해주는 힘이야.

선생님의 행복? 선생님이 이제 오십 대 끝이거든. 다행복학교를 쉰두 살에 시작했으니까 나의 오십 대를 다행복학교로 꽉 채울 수 있어서 행복하지. 너희도 곧 느끼겠지만, 꿈을 가지고 하루하루를 채워가는 일이 정말 행복해. 좋은 동료들을 만나서 함께 꿈꿀 수 있는 건 더 큰 행운이고. 내 맘같이 많은 일이 쉽게 바뀌지는 않지만, 분명 변화는 시작됐고 느리지만 조금씩 바뀌고 있어.

얼마 전 다른 선생님들과 모임을 했는데 특수 학급 선생님이 우리 반송중학교 선생님들은 다 표정이 비슷하게 밝대. 비슷한 꿈을 꾸면서 비슷한 표정도 짓게 되는 거고 서로 닮아가는 거지. 아마 선생님하고 너희들 표정도 닮았을 거야. 선생님도 이미 너희들에게 영향을 받았는걸.

1학기 때 친구들하고 '행복텃밭 동아리' 함께 했잖아. 선생님이 그때 도와주러 내려갔는데 학생들이 싹이 난다고 손뼉 치면서 좋아하던 모습이 아직 생생해. 너희가 직접 체험해보고 키워보는 경험이 다행복학교의 목적이야. 너희가 새싹 보고 기뻐할 때 선생님도 너무 기쁘고 좋았어.

사실 선생님도 코로나 지나고 나서 약간 슬럼프가 왔었어. 점점 개인화되는 거 같고, 학교는 학교대로 일이 많아지고, 일상은 일상대로 바쁘고. 삶의 균형잡기가 힘들어지니까 행복하다고 생각하지 않았는데 오늘 너희들이 물어보는 질문에 다시 힌트를 찾아가네. 선생님은 여기서 좋은 동료들고 좋은 학생들하고 좋은 방향으로 나아가는 게 행복이야.

# 선생님은 너희들 생일 축하해주는 게 좋았어
## – 이미혜 선생님

얘들아, 오랜만이다 정말. 선생님 퇴직하고는 처음이지? 잘 지냈어? 연락받고 얼마나 놀랐는지. 학교까지 한걸음에 달려왔잖아. 선생님이 뭐부터 말해주면 돼? 아, 선생님은 올해 2월에 명예퇴직했고, 2014년부터 2021년까지 반송중에서 근무했어. 2014년 3월부터 2022년 2월까지. 선생님이 1학년 2반 담임할 때 너희를 만났고, 중간중간 담임도 하고 다른 일도 하고 왔다 갔다 했어.

가장 많이 기억나는 건 '티타임'. 너희하고도 자주 했었는데. 옛날 반송중학교 뒤뜰에 보면 무궁화나무가 크게 있었잖아. 거길 2016년부터 선생님들이 생태공원으로 가꿨거든. 너희들이 조례 때마다 가서 자연도 보라고 동산도 꾸미고 꽃도 심고. 그랬다가 진로 선생님이 시작이었을 거야. 레몬 사 와서 씻고, 청을 만들었던 게. 선생님들은 자주는 못하더라도 너희들한테 대접해주고 싶었어. 아침에 와서 좋은 잔에 따뜻한 차도 마시고, 꽃들 보면서 좋은 음악도 듣고. 왠지 차분하게 음악을 즐기는 시간이 없었을 것 같아서 시작했지.

너희는 모르겠지만, 선생님들은 뒤에서 레몬 사 오고, 씻고, 컵 다 헹궜다가 말리고 일이 얼마나 많았다고. 그래도 그 순간이 좋아서 졸업한 아이들 불러서 벚꽃나무 아래에서 홈커밍데이도 하고, 어묵이랑 수육도 함께 사 와서 먹고 좋았어. 선생님은 새로운 사람 환대하고, 떠난 사람 잊지 않는 거, 그게 중요하다고 생각해. 그래서 분기별로 생일파티도 했잖아. 생일파티를 처음 해본다는 말 때문에 계속해왔는데 지금은 코로나로 못하고 있는 거 같더라. 이게 제일 아쉬워.

그리고 기억나는 건 '회복적 생활교육'. 이건 다른 학교에서는 하지 않는 거라서 소개해보고 싶어. 보통 학교에서 학생을 지도하는 건 담임의 몫인데 우리는 담임선생님들끼리 상호작용을 엄청 많이 했어. 서로 지친 모습 보이면 위로하고, 끝까지 남아서 이야기 나누고. 만약 다른 반 아이가 사고를 쳐서 어머니가 오셔야 하면 메신저로 연락해서 학년 부장 선생님, 교과목 들어가는 선생님들이 모여서 서로 수업 시간에 어떤 어려움이 있고, 어떤 모습이 관찰되었는지 함께 나눠. 내가 더 힘들다는 이야기보다 중요한 건 학생의 문제를 찾고 같이 해결해 나가는 게 중요하니까 선생님들의 다양한 시선을 모아서 아이의 진짜 모습을 찾으려고 하는 거야.

선생님들도 모이고, 학생도 모이고. 모두 함께 둥글게 둘러앉아서 아이들은 왜 그랬는지, 선생님들은 무슨 감정을 느꼈는지 한 마디씩 시작해. 그리고 솔직한 질문이 담긴 카드를 앞에 두고 하나씩 뒤집어가면서 이야기하는 거지. 첫 카드는 '우리가 왜 이런 자리까지 오게 되었을까'. 그다음 카드는 '지금 가장 후회가 되는 건 뭐예요?'

응답하라 반송중

하나씩 질문 카드를 뒤집을 때마다 돌아가면서 이야기를 하는데 한 담임 선생님이 말씀하시다가 갑자기 우셨어. 지금 돌이켜보니 너희가 너무 힘들어서 외면했다, 담임으로서 더 챙겼어야 했는데 내가 눈을 감았다, 너무 힘들어서 그랬다는 고백이었어. 자기 때문에 이런 자리까지 열렸다며 너무 후회된다고 펑펑 우셨지. 선생님은 누가 울면 따라 울거든. 나도 울고, 옆에 있던 다른 선생님도 울고. 그렇게 애들은 가만히 있는데 선생님들만 펑펑 울었어.

그러니까 아이들이 당황한 거야. 자기들은 잘하겠다고 간단하게 다짐하는데 선생님들은 어떻게든 변하겠다며 폭풍같이 다짐하고 마쳤지. 책상 옆에는 구겨진 휴지만 한가득 쌓여있고, 나중에 퇴직하면서 아이들에게 기억하냐고 물어보니 어떻게 잊겠냐고 반문하더라고. 다들 표현은 안 했지만, 내가 진짜 큰 잘못을 하고 있다는 건 느꼈대. 미안하다는 감정도 느꼈었다고 하고. 모두 고등학교 가서 착실히 지내고 있는 건 아니지만, 그때만큼은 서로에게 진심으로 대했었어.

가장 기억나는 학생은 없고. 4대 천왕들 정도. 사실 다시 생각만 해도 마음이 좀 그래. 미안한 마음 반, 내가 받았던 상처가 떠올라서 불안한 마음 반. 선생님이 학교 다닐 때 혈압이 높아서 약을 먹었거든. 지금은 퇴직하고 노력해서 혈압약을 끊었는데 꽤 오래 복용했었어. 아무리 열심히 하려고 해도 아이들 지도가 쉽지가 않더라고. 우리도 미숙했고, 아이들도 불안했던 거지. 긴장된 상태로 만나니까 하루하루가 전쟁 같았어. 4대 천왕 이야기는 굳이 다 안 할래. 아마 다른 선생님들도 그럴 거야. 지나고 나니 모든 일이 재밌었

지만, 마냥 가볍게 꺼낼 수는 없어. 우리도 회복하려면 시간이 더 필요한가
봐.

　　나에게 다행복학교는 '생일파티'야. 선생님은 너희들 생일 축하해주는
게 좋았어. 계절별로 모아서 일 년에 네 번 했잖아. 다 같이 나와서 모형 케이
크에 바람도 불고, 너희들한테 선물도 주고. 생일 축하 노래도 부르고, 게임
도 같이하고.

너희들이 1학년일 때 모두 강당에 모여서 게임을 했던 게 아직 기억나. 네가 숟가락 입에 물고 하는 탁구공 릴레이 엄청나게 잘했잖아. 훌라후프 몸으로 통과해서 넘어가는 것도 하고, 스케치북에 적어서 절친들끼리 동상이몽 게임도 하고, 생일인 사람 장점으로 소개하는 것도 재밌었고.

할머니, 할아버지랑 컸던 아이가 생일 처음 축하받아봤다고, 선생님 너무 기뻐요, 라고 말해줬던 게 지금까지 찡해. 생일은 아무것도 하지 않아도 축하받을 수 있는 날이잖아. 태어난 것 하나만으로 축하받고, 선물 받을 수 있는 날인데 중학교 올 때까지 한 번도 못 해 봤다는 거야. 네가 짐이 아니라고, 충분히 축하받을 만한 삶이라고 말해주는 게 누군가한테는 우리 다행복학교가 전부인 거야. 선생님은 그래서 다행복학교가 매일 생일파티였으면 좋겠어. 너는 지금 그대로도 충분히 괜찮다고 손뼉 쳐주는 학교였으면 좋겠어.

선생님은 2014년에 반송중학교 교사로 와서 2022년에 인간이 되어 나왔던 것 같아. 반송중학교가 선생님한테는 큰 의미였고, 그래서 지금도 행복해. 아이들이 괴롭히면 눈물도 나고 죽을 것처럼 힘들기도 했지만, 그래도 행복했어. 선생님한테 행복은 반송중학교야.

# 선생님은 반송중학교에 와서
## 처음 교사가 되었다고 생각해
### – 황선영 선생님

선생님은 2011년에 반송중학교로 처음 와서 4년 동안 있다가 다른 곳으로 이동했었어. 정기전보로 떠나서 지내는데 반송중학교가 다행복학교로 최종 선정되었다는 거야. 그 사실을 알고 나서 2년 만에 초빙으로 다시 반송중학교로 돌아왔고, 2017년에 와서 올해까지 6년째 지내고 있어.

내가 기억하는 반송중의 이야기는 너희들이 엄청 애를 먹였던 순간들? 아니다. 너희들보다 더했던 애들이 있어. 2017년에 만난 2학년들. 원래 성장기의 남자아이들이 모이면 자기들끼리 서열 정한다고 매일 다투잖아. 서로 다른 중학교에서 왔으니까 물리적인 힘으로 서열을 빨리 맞춰야 편한데 아무리 그래도 보통 한 반에 두세 명이 싸워야 하는데 그때는 한 반에 20명씩 있는 애들이 매일 싸웠어. 4개 반이니까 총 80명이 한 사람도 빠지지 않고 매일 싸우는 거지. 네가 우리 친구 건드렸냐고 하면서 싸우고, 기분 나쁘게 쳐다봤다고 싸우고.

1등부터 80등까지 서열이 정해질 때까지, 모두의 줄서기가 끝날 때까지 징하게도 싸웠어. 처음 다행복학교를 시도할 때니까 수업 구성도 다양하게 실험했는데 하루는 책상 대형을 '디귿' 자로 한 거야. 교탁에서 모든 아이를 볼 수 있게 책상을 바꿨는데 '디귿' 자니까 수업 시간 동안 서로 마주 보는 아이들이 생기잖아. 40분 동안 서로 노려보다가 쉬는 시간 되자마자 뒤엉켜서 싸우는 거야. 하루하루가 씨름판이었지.

야심 차게 실험했는데 어려웠어. 선생님들 사이에서도 꼭 이런 대형을 유지해야 하냐고 성토대회도 열렸는데 지금 생각하면 좀 유연하게 해도 되었는데 그땐 모든 교과목에서 '디귿' 자를 유지해야 한다고 했어. 아이들이 적극적으로 토론할 수 있게 유도한 건데 우리도 처음이었으니까 어디까지가 적절한 건지 기준이 없었던 거지.

하루는 기간제 남자 선생님이 첫 수업을 들어갔는데 아이들끼리 싸우면서 책상도 엎고 교실이 난장판인 거야. 도저히 잡아보려고 해도 안 되니까 선생님이 일주일 만에 그만두기도 했어. 너희들이 그렇게나 선생님들을 난처하게 했다는 걸 알려나.


선생님이 3학년 담임을 할 때인데 항상 성적 좋은 아이들만 학교에서 상을 받아 가는 거야. 그래서 선생님하고 학생회 아이들하고 같이 공신력은 없지만, 우리가 우리에게 주는 상을 기획했었어. 그때 명칭이 '3학년 교육과정위원회 상'이었을 거야. 매월 그 반에서 가장 모범적인 아이를 서로 투표해서 뽑는 방식이었어. 인사 잘하는 아이, 욕설 안 하는 아이, 주제도 아이들하고 의논하면서 정했지. 서로 투표라 마지막까지 배제되는 아이가 있을 수도 있어서 선생님이 보기에 가장 성장한 아이에게 주는 '발전상'을 만들어서 줬었어.

한 달에 여덟 명씩. 우수 아이들 네 명, 발전 아이들 네 명. 교무부장 선생님이 방송실에 아이들을 불러서 중계도 하고. 아이들이 방송 화면에 나와서 수상하게 하고, 사진을 찍어서 3학년 복도에도 붙여뒀었어. 작은 칭찬이 계속 이어질 수 있게 하는 게 우리들의 노력이었는데 다들 그렇게 애먹이더니 고등학교만 가면 반송중학교만큼 좋은 선생님들이 없다네. 고등학교 1학년 중간고사 치면 일찍 마치잖아. 그럼 하나같이 우리 학교로 와. 선생님들 보고 싶다고. 너희는 졸업하고 찾아오지 말고 지금 선생님들한테 잘해줘. 나중에 보고 싶다고 하지 말고.

선생님한테 다행복학교는 '포옹'이랄까. 2017년에 다시 오니까 다행복이 된 지 1년 사이에 분위기가 금방 달라져 있었어. 가장 인상 깊었던 거는 입학식 이벤트. 어떻게 하면 아이들을 더 기쁘게 환영할 수 있을까 고민하다가 '전교생을 안아주기'로 정했어. 우리는 여자 선생님들이고, 학생들은 다 남자 아이이니까 혹시나 불편할까 싶어서 가운데에 빨간 하트 쿠션을 만들어서 몸에 매고 아이들을 폭 안아줬어.

반송중학교에 입학한다고 잔뜩 긴장한 아이들을 1학년 담당한 모든 샘이 일렬로 서서 안아줬지. 연세 많은 체육 선생님도 있었는데 사전 준비할 때부터 내내 쑥쑥해 하시더니 마지막에는 제일 세게 안아주고 그랬어. 첫 인사가 포옹이었고, 아마 나의 마지막 퇴임 날도 포옹하면서 끝내지 않을까? 아이들의 떨리는 숨소리도, 저마다 다른 향기도 모두 생생하게 기억나. 아이들을 기쁘게 안아줄 수 있는 곳이 다행복학교인 것 같아.

포옹이 꼭 신체적인 접촉만을 의미하지는 않아. 너희는 모를 수도 있지만, 선생님들은 '성찰 교실'이라는 걸 만들어서 친구들 사이에서 적응하기 힘들어하는 아이들과 계속 호흡을 섞었어. 선생님들끼리 시간을 나눠서 1대1로 수업 진행하고, 함께 밥도 먹고, 친구처럼 아주 깊어지는 거지. 단 한 번의 포옹이 아니라 계속 따뜻하게 안아줄 수 있도록 고민하고, 선생님들끼리 돌아가며 일지를 써서 어떤 도움을 줘야 할까 계속 토론했어.

선생님은 반송중학교에 와서 처음 교사가 되었다고 생각해. 내가 이제야 교사가 되었다는 뿌듯함이랄까. 집에 가서도 아이들이 생각나고. 내일은 저 아이에게 이런 말을 해줘야겠다 생각나고. 그래서 선생님은 그냥 하루하루가 행복해. 따로 행복을 정의하긴 어렵고. 그냥 선생님들고, 너희들하고 고민하고 실험하는 하루하루가 행복이야.

# 경험해보지 못한 것에 대한 두려움은 없어요
## – 홍명희 선생님

여러분들 덕분에 반송중 오랜만에 오네요. 저는 홍명희이고, 지금은 다행복교육지원센터에 있어요. 작년에 정책 연구년을 가지면서 다행복학교와 연관된 여러 평가를 준비하다가 올해 초에 센터로 이동했어요. 요즘은 다행복학교보다는 다행복지구를 고민하고 있어요. 여러분들이 사는 반송처럼 학교 밖에서 학교를 지원하고, 마을 사람들이 다 함께 교육할 수 있도록 고민하는 거로 생각하면 되겠어요.

아직 여러분은 모르겠지만, 다행복학교가 반송중학교만 있는 건 아니에요. 부산에는 16개의 구가 있고 그중에 11개 구에 있으니까 엄청 많은 거죠. 이미 많은 곳에 있지만, 아직 많은 사람이 몰라요. 그래서 여러분들이 하는 기록 작업을 아마 다들 궁금해할 거 같아요. 다행복학교 학생이 기록하는 작업이잖아요. 이번 기회에 반송중학교의 이야기도 좋지만, 다행복학교의 특징도 잘 담아줬으면 좋겠어요.

다행복학교의 특징이요? 보통 학교에는 교장, 교감 선생님이 리더라면 다행복학교는 리더 교사가 따로 있어요. 여러분도 다행복부장이나 교무부장 선생님이라고 들어본 적 있지요? 다행복학교에서는 리더 교사의 역할이 커요.

교무부장은 학교의 틀을 짜는 사람이라고 생각하면 돼요. 교육과정을 짜는 사람이 교무부장이라면 다행복부장은 학교를 다행복 가치관에 맞게 운영하는 사람이에요. 두 사람은 긴밀하게 협의하고 의논해야 해요. 다행복부장은 기존과 최대한 다르게, 교무부장은 최대한 기존 학교 체제 내에서 고민하는 거죠. 두 사람 모두 중요하고, 두 사람 중 한 사람만 없더라도 다행복학교는 만들어질 수 없어요.

처음에 제가 교무부장을 했어요. 2016년 다행복학교 시작과 함께 교무부장을 3년 내리 하면서 이영일, 김성미 선생님과 함께 열심히 다행복학교를 만들었죠. 여러분도 배정숙 선생님 알죠? 제 다음 부장으로 배정숙 선생님이 맡아서 너무 잘해주고 계세요.

많은 선생님이 기존 학교의 방식에 한계가 있다고 생각했어요. 틀렸다기보다는 모든 지역에, 모든 아이에게 동일하게 할 수가 없다는 생각이었어요. 반송에는 반송에 맞는 방식이 필요하다, 새로운 판이 필요하다는 생각에 다들 붙어서 머리를 모았죠.

반송중학교에서 가장 기억에 남는 건 '봄학교'와 '가을학교'예요. 고등학교와 대학교에는 학교 축제가 있는데 중학교는 없잖아요. 그래서 다행복학교 학생들이 즐길 수 있는 축제가 있었으면 좋겠다는 생각에 봄이랑 가을, 이렇게 두 번 진행하는 거로 했어요. 그런데 축제라고 해도 중학교 교육과정과 완전히 다른 걸 할 수 없어요. 새로운 걸 넣을 빈 시간도 많지 않고요. 그래서 학교 교육과정 안에 필수로 들어간 자율 활동, 동아리 활동, 진로 활동, 봉사 활동을 축제로 만드는 걸 고민했어요. 그중에서도 진로 활동, 봉사 활동을 두고 이틀 동안 진행하는 계절학교를 운영했죠. 다행복학교라고 해서 전혀 새로운 걸 하지는 않아요. 아이들에게 전해야 할 내용들을 더 낮은 문턱으로 통과할 수 있게 색다른 방식을 고민하는 거죠.

교육 방법도 개선하고 싶어서 계속 고민했어요. 화요일과 목요일에 수업을 더하고, 수요일은 5교시로 일찍 수업을 마쳐 선생님은 다모임이나 전문적학습공동체를 운영하고, 학생들은 자율 동아리를 운영했어요. 계획은 분명했는데 사실 모든 실험이 성공적이진 않았어요. 우리도 사람이니까 잘못 판단한 일들도 많았고, 실수도 잦았어요.

자율 동아리를 운영했지만, 다들 PC방으로 뛰어가기 일쑤였고 학년별 논의를 하거나 다모임을 하더라도 특정 아이들에 대한 집중적인 지도가 어려웠어요. 무엇이 문제였는지, 가정환경의 어려움은 없는지 새로운 지도 방안을 논의했지만 쉽지 않았어요. 대부분의 아이들은 공동체의 규칙을 만들면 적당한 규제와 통제에 따르지만, 반송 지역 아이들은 달랐어요. 아이들의 파워가 워낙 강했거든요.

아이들에게는 시간과 공간이 모두 필요해요. 학교의 규칙을 만드는 과정에도 학생들이 참여할 기회를 주고, 규칙을 어길 경우에도 강압적으로 처리를 하는 게 아니라 충분히 자기를 소명할 수 있는 기회를 주거나 설득할 수 있는 시간을 주면 따라올 수 있어요. 한 아이에 대한 집단적인 보호가 이루어지기 위해서는 집단의 규칙을 논의하는 자리에 그들을 초대해야 해요. 말할 수 있는 통로가 문화니까요.

나의 행복이라... 마지막 질문이 제일 어렵네요. 저는 경험이 쌓이면서 성장할 때 행복해요. 경험해보지 못한 것에 대한 두려움은 없어요. 그래서 이 나이에 여기로 왔죠. 주변 사람들이 조금씩 경험을 쌓고 성장하는 걸 보는 것도 행복이에요. 여러분이 왜 이런 작업을 시작하게 되었는지는 모르겠지만, 이번 경험으로 또 한 걸음 성장할 거예요. 지금은 반송중학교를 떠났지만, 여전히 선생님들을 믿어요. 여러분도 두려워하지 말고 많은 걸 경험하고 졸업하면 좋겠어요.

## 아이들에겐 이미 자기 삶의 문제를 해결할 능력이 있었어 – 조광래 선생님

나는 2016년에 다행복학교 시작하자마자 바로 왔지. 특별하게 기억나는 건 없어. 예전 학교 운동장이 작았다는 정도. 운동장 하나에 축구 골대 2개가 있었는데 그 귀퉁이로 농구 골대가 있었어. 그래서 축구공이 농구장으로 넘어가고 뒤섞였지. 애들이 제대로 뛰어놀지 못하는 게 늘 안타까웠어.

도저히 놀 만한 공간이 없어서 지하에 탁구실을 만들기도 하고, 없어진 레슬링부가 쓰던 매트를 가져와서 한 반을 채우기도 하고 그랬지. 거기에서 애들이 탱탱볼 가지고 놀고, 풋살도 즐기고 많이 썼어. 나중에는 해운대구청 지원을 받아서 농구장에 우레탄도 새로 깔고 축구장하고도 구분했어. 그래서 애들이 다양한 스포츠를 즐길 수 있었지.

지금은 학교가 통합되면서 넘어왔는데 너희도 알다시피 운동장이 전혀 정비가 안 됐어. 강당 공사한다고 모든 건물 자재가 운동장에 가득하잖아. 애들이 뛰어놀 곳이 없어. 강당이 공사 중이라 농구 골대도 축구 골대도 모두 못 쓰고 있고. 원래 운송중학교에 씨름부가 있었거든. 그래서 씨름장도 있어서 그 앞에 이동식 농구 골대 두고 겨우 운동하고 있고.

다행복학교라고 해서 특별한 종목을 가르치거나 하진 않아. 다른 교과과

목도 마찬가지겠지만, 체육도 운동 종목이 교육과정에서 크게 벗어나질 않아. 배드민턴, 배구, 축구, 농구 수준이지. 지금은 씨름부가 있어서 코치 선생님에게 지도도 받고, 웨이트도 하는데 아직 근력운동이 다들 부족해.

기억나는 학생은 많지. 마음 아파서 기억하기 벅찬 아이들도 많고. 처음엔 선생님에게 대들고 욕하고, 덤벼드는 아이들을 보면 나쁘다고 생각했었어. 따로 만나서 이야기를 하지 않으면 그냥 나쁜 아이로 지나갔을 거야. 다른 선생님들이 꾸준히 아이들과 만나서 어떤 환경에서 사는지 알아보고 이해하려는 노력들이 좋았어. 학년이 높아질수록 서서히 자기 삶에 관심을 가지는 아이들도 좋았고.

반송 동네 아이들이 선생님에게 말하지 않아도 각자의 어려움이 많다는 걸 잘 알고 있어. 옆에서 조금만 도와주면 자기 방향을 찾을 수 있는 아이들이 많다는 것도 알고. 신도시에서는 다 부모님들이 챙겨주지만 여기서는 우리가 챙겨줘야지. 도움이 필요한 시기에 내가 도움이 될 수 있다는 사실이 무엇보다도 큰 자긍심을 줘.

지금 너희가 하는 것처럼 '학년융합 프로젝트'라고 해서 한 주제를 놓고 여러 과목에 참여하는 프로젝트가 있었어. 그때의 주제는 수학여행이었고, 아이들이 넓은 서울에서 뭘 하면 좋을지 조별로 팀을 나눠서 장소들을 추천했었어. 63빌딩 팀, 여의도 팀, 중앙박물관 팀으로 조를 나눴는데 모두 교통비가 다르잖아. 그래서 수학 교과에서 거리별로 교통비를 계산하고, 아이들 안전이 문제가 되니까 체육교과에서는 안전이 들어가고. 아이들이 직접 수학여행 보고서와 탐방계획서를 작성해야 하니 국어 교과가 투입되어서 교육하고.

수학여행이라는 이벤트를 두고 여러 과목에서 아이들의 참여 여지를 만들었어. 의견을 묻고, 각자 기획하면서 조금씩 수업 시간에 이야기하면서 준비했어. 여행계획이라는 게 경험이 없으면 성인들도 잘 세우기가 어렵잖아. 타지로 처음 떠나는 중학교 아이들이니까 얼마나 어려웠겠어. 그래도 다들 믿고 맡겼는데 처음에는 어려워하더니 버스 하차 장소부터 대중교통 플랜B까지 정리해가며 어떻게 찾아갈 건지 이야기하고 교통비와 점심까지 다 계획을 세워오더라고. 꼼꼼하게 고민하는 아이들을 보고 그때야 알게 됐어. 아이들에겐 이미 자기 삶의 문제를 해결할 능력이 있었어. 온전히 아이들에게 해결의 책임과 몫이 주어지지 않았을 뿐이지. 물론 서울로 수학여행 가서 정류장을 놓치거나 환승을 못 해 늦게 도착하는 일은 있었지만, 딱히 큰 사고는 없었어. 여행 경험이 없다는 사실로 너무 아이들을 어리게만 본 건 아닐까 하고 선생님들끼리 얘기를 엄청 많이 했지. 마지막 모임의 결론은 지금보다도 훨씬 더 아이들을 믿어보자는 결심이었어.

나에게 행복? 뻔한 단어인 것 같은데 참 대답하기가 어렵네. 나는 모든 생활이 다 학교였어. 그래서 가정에는 많이 집중하지 못했지. 이제야 아이들 다 크고, 아내와 가족을 챙기니까 조금씩 주변을 돌아보게 돼. 이런 세상이 있구나 싶지. 체육 선생님인데 나는 내가 좋아하는 운동을 찾아본 적이 없었어. 작년부터 골프를 배워서 천천히 치고 있는데 재밌어.

행복이란 단어는 어렵고, 재미나 즐거움으로 치면 요즘엔 학교 와서 아이들 보는 것 자체가 즐거워. 점점 청소년 자살이 많아지다 보니까 늘 그런 우려가 마음속에 있고, 아무리 별나고 망아지처럼 자기 마음대로 뛰어다녀도 살아있는 생동력만 보면 마음이 놓여. 쟤들이 살아있구나, 하는 마음. 어떻게 보면 매일 특별한 이벤트나 기분 좋은 게 있어서 행복한 거보다 그냥 큰 문제 없이 애들이 뛰어놀고 있으니까 그 자체가 그냥 행복이 아닐까 싶어.

다행복학교에서 보낸 모든 시간이 좋았는데 여기에 예체능부가 없는 건 아쉬워. 너희가 나중에 이거 기록집으로 만들 때 예체능부 만들자고 하나 넣어줬으면 좋겠어.

# 필요한 사람이라 행복했어
## – 배정숙 선생님

나는 반송중학교가 다행복학교로 시작할 때 초빙받아서 왔어. 선생님들이 반송중학교로 배정받아서 오는 경우도 있는데, 선생님처럼 이렇게 직접 초빙으로 오는 경우도 있거든. 그래서 다양한 방식의 교육을 고민하던 선생님들과 만났지. 그게 '씨앗동아리'였어. 교사들의 역할에 대한 고민을 매일 나눴지. 그때 마침 반송중학교가 다행복학교로 선정되었고, 딱 새로운 학교로 이동할 시기였어. 그래서 그걸 알고 있던 다른 선생님들이 적극적으로 나를 초대해줘서 여기로 오게 되었지.

그렇게 처음 4년 하고, 다시 재초빙해서 이제 3년이 지났으니까 벌써 7년 차네. 시간 너무 빠르다. 너희도 이렇게 2학년이 되어서 인터뷰도 한다고 하니 내가 반송중학교에 오래 있긴 했구나 싶네. 처음 반송중학교에 와서는 몇 명의 선생님들과 시급한 학교의 업무를 도맡아야 했지. 너희는 잘 모르겠지만, 학교에는 몇 명의 부장 선생님들이 있어. 보통 부장은 결정만 하는 역할인데 우리 학교 부장 선생님은 대부분 선생님들이 담임을 맡게 되니 일을 혼자서 다 해야 했던 거야. 다른 학교에서 4명이 해야 할 일을 혼자 맡아서 하기도 하고, 너희들의 시간표, 일과 운영, 성적처리도 혼자서 다 해야 했어.

그렇게 첫 1년은 좌충우돌 모든 문제에 부딪혀가면서 배웠어. 이건 너무 힘든 일이구나 싶으면 더 많은 사람이 붙고, 쉽게 할 수 있다고 느껴지면 동료의 일을 기꺼이 받아 오기도 하고. 쉽게 그려지진 않지? 하지만 2016년에 선생님들은 모두 열정적이었어. 한마음이었고. 그때 뜨겁게 해 봤기 때문에 실무사 선생님이 필요하다는 것도 알았고, 담임은 담임만 맡아야 한다는 것도 제대로 알았고.

선생님도 나중에는 다행복기획이라는 팀으로 들어갔는데 그건 다행복 부장 선생님을 도와주는 거였어. 너희가 학교에서 해볼 재미난 실험이나 꼭 해야 할 고민이 무엇일지 함께 토론하고, 그 일들을 옆에서 보조하면서 기획하는 거지. 기획이랑 계획은 다르잖아. 계획이 연초 어느 날에 어떤 일을 어떤 순서대로 할지 세워두는 거라면, 기획은 방향을 잡는 거거든. 너희들이 어디를 향해서 가야 하는지, 또 어떤 주제를 고민해야 하는지 큰 물줄기를 고민하는 건데 1주일에 1번씩 다른 다행복학교 선생님들하고 회의가 있어서 좀 벅차긴 했었어.


반송중학교로 와서 가장 좋았던 건 머리만 대면 바로 잠들 정도로 피곤한데 전혀 힘들지 않았다는 거야. 나이도 비슷했고, 서로 고민하는 것도 비슷했고. 여기에 있으면 내가 틀렸다고 생각하지 않아도 됐어. 학교생활을 하면서 동질감을 처음 느꼈거든. 반송중학교에서 7년이나 머물 수 있었던 건 계속해서 나를 의심할 수 있어서야. 내가 틀릴 수도 있다는 걸 말해주는 동료가 있었고, 그 방향을 진지하게 고민하며 함께 교정해나가자는 동료애도 있었고. 바쁘긴 하지만 좋은 시간이었어.

가장 기억나는 것은 학교의 통폐합이지. 반송중학교와 운송중학교가 하나가 되는 과정. 그때 선생님이 교무부장을 하고 있었어. 업무랑 통폐합이랑 겹쳐서 정말 정신이 없던 시간이거든. 입시만 잘 마무리하면 되는 고등학교와 다르게 중학교에는 업무도 정말 많아. 고등학교는 부산시교육청에서 내려오는 공문만 해결하면 끝나지만, 중학교는 부산시교육청에서 내려오는 공문과 해운대교육지원청 공문을 함께 해결해야 해. 그러니까 업무가 너무 많지. 학교 짐 정리도 하고, 교실 배치도 하고. 사실 교장 선생님이랑 교감 선생님이 부드럽고 친절하셔도 꼼꼼하진 않잖아. 그러니까 두 분은 학교통합이 그냥 이삿짐 업체가 와서 포장이사를 하면 된다고 생각하시는 거야. 전혀 그렇지 않은데. 너희들이 교실에서 볼 시계 하나 걸 때도 위치를 고려해야 하고, 출석부는 어디에 둬야 할지, 사물함을 어디에 또 두어야 할지 디테일하게 고민할 문제들이 많았어. 짐들을 옮기고 나서도 계획처럼 딱딱 두는 게 아니고 조금씩 다르니까, 결국엔 모든 교실의 위치를 다 세부적으로 바꿔야 했어. 그리고 제일 큰 어려움이 학부모님하고의 갈등이었거든.

너희도 원래 강당에서 수업하고 친구들하고 놀았어야 했는데 사실 그렇게 하질 못했잖아. 원래는 선생님들이랑 학부모님들이랑 약속한 게 운송중학교랑 통폐합하면서 강당을 만들고 너희들을 훨씬 더 좋은 환경에서 교육받도록 하는 거였는데 여러 가지 문제로 많이 늦어졌어. 여전히 학부모님들에게는 드릴 말씀이 없지. 아랫반송에서부터 걸어오는 아이들도 있는데 포크레인 다니고, 큰 덤프트럭 다니고. 나도 걱정됐으니까 부모님들은 오죽하셨을까. 지금은 어떻게든 마무리가 되고 있는데 7년 동안 반송중학교에 있으면서 교무부장을 했던 기억이 가장 많이 남고, 학교 통폐합하면서 강당이 늦어진 게 제일 죄송스럽고 아쉬운 기억이야.

　선생님은 이제 반송중학교도 다행복학교로서의 기본적인 모양새를 갖췄다고 생각해. 첫 4년 동안은 모두 바쁘게 지냈지만, 그 덕분에 모양을 금방 갖출 수 있었고 봄학교나 가을학교, 너희들의 창의적 학습들, 마을교육까지 학교 밖 동료들도 많이 찾았고 아이들을 붙잡아 줄 끈도 많아졌어. 그러니까 이제 지금부터 고민해야 할 건 너희들의 학력이라고 생각해.

　반송이란 곳에서 살아가는 사람들의 모습이 대체로 비슷하잖아. 그런데 딱 20분 나가면 다르거든. 전혀 다른 모습으로 살아가는 사람들이 훨씬 많아. 너희들이 지금은 반송이지만, 앞으로는 다를 수 있으니까 너희의 가능성을 넓히는 고민을 이제 함께해야 하는 거지. 처음 반송중학교에 왔을 때는 친구와 함께하는 즐거움, 선생님들과 함께하는 즐거움, 마을과 함께하는 즐거움, 너희들의 하루에 즐거움을 심어주는 게 목표였다면 이제 공부하면서도 충분히 즐거울 수 있게 하고 싶어. 하나씩 알아가는 즐거움, 모르는 문제를 풀었을 때의 즐거움 같은 거 말이야.

　학교가 합쳐지면서 아랫반송에서도 오고, 윗반송에서도 오면서 너희들 안에서도 분위기가 많이 달라졌다고 생각해. 서로를 바라보면서 긍정적인 경쟁도 하는 것 같고, 모르는 걸 물어보고 가르쳐주면서 시너지도 나는 것 같고. 공부에 대한 애착이나, 성장에 대한 욕구도 조금씩 보이니까 올해부터는 특히 선생님들 사이에서도 공부에 대해 고민하자는 이야기가 많아. 아직 그 방식과 시작은 어떻게 해야 할지 구체적으로 나오지는 않았지만, 2016년에 첫 시작할 때도 그랬으니까. 곧 함께 공부하며 성장하면서도 모두 다 행복할 방법이 있을 거야.

나의 행복? 그러게, 선생님이 지금 행복할까? 너희가 보기엔 선생님이 행복해 보이니? 사실 선생님이 허리디스크 때문에 병원에 한 달 정도 입원했다가 오늘 왔거든. 종일 누워있는데 몸은 편한데 마음이 불편한 거야. 빨리 학교에 가서 서류 처리해야 하는데, 메일 보내야 하는데 싶고. 그래도 어제저녁부터는 내일부터 학교에 간다는 기대감이 들더니 출근하니 너무 좋은 거야. 교무실에서 선생님들과 인사하고, 다시 출근해서 좋겠다는 인사도 받고. 여기가 내가 있어야 할 자리구나, 내가 필요하고 내가 쓰임이 있는 자리가 여기에 있다는 사실에 행복했어. 선생님은 '내가 필요하다고 할 때' 행복한 것 같아.

# 다행복학교, 교사도 행복해야 해
## – 강영옥 선생님

그나저나 얘들아. 저번에 축구 경기를 하다 다친 건 다 나았어? 어디 보자. 다행이네. 딱지 긁지 말고. 나중에 딱지 뜯어지면 너 이거 평생 흉터 남아. 보건교사로 지내면 늘 1학년이 제일 힘들어. 얼마나 보건실에 많이 온다고. 아직도 기억나. 학교 들어오면서부터 배 아프다고 소리를 고래고래 지르면서 바닥에 뒹굴고, 숨 안 쉬어진다고 들어와서는 누워 잠들고. 이제 수업 들어가라고 하면 잠 깨웠다고, 화난다고 보건실 복도에 누워버리는 아이들 천지였어.

선생님은 올해로 반송중학교에 부임한 지 10년 째야. 처음에는 남자 중학교라 아이들이 뒤끝도 없고, 성격도 깔끔할 것 같았는데 오히려 다들 숫기가 없어서 놀랐어. 할 말이 없어서 안 하는 건지, 아니면 쑥스러워서 못 하는 건지 모르겠지만, 처음엔 다들 아무런 말을 안 하더라고. 한참 지나고 나서야 아이들이 관심받고 싶어서 그런다는 걸 알았지. 말을 꺼내지 못할 뿐, 마음은 모두 중요한 사람이 되고 싶어서 조급했던 거고, 그래서 더 무시당하는 느낌이 들면 강하게 반응했었고. 보건실에 찾아왔을 때 약만이 아니라 마음도 좀 다독여주려고 애를 많이 썼어. 물론 아무리 친근하게 다가가려고 해도 다들 자세한 이야기는 하지 않더라.

솔직히 말해서 처음엔 다행복학교가 어떤 건지 잘 몰랐어. 보건실은 학교 수업하고는 밀접하게 연결되어 있지 않으니까 선생님들하고 같이 붙어서 고민할 내용들이 없었지. 무언가 새로운 걸 준비하는가 보다 하고 멀리서 바라보다가 하루는 표가 부족하다고 하더라고. 50%만 넘으면 다행복학교 지정이 가능한데 찬성표가 약간 부족하대. 그래서 물어봤지. 다행복학교하면 뭐가 좋아지냐고. 교육철학의 변화나 학교 분위기나 아이들의 시험이나 여러 가지 이야기를 해주셨는데 사실 나는 다른 건 다 필요 없고 그냥 예산이 늘어난다는 말이 좋았어. 그걸로 너희가 집에서 할 수 없던 다양한 경험을 할 수 있다는 말에 그냥 알겠다고 했어.

선생님은 보건실에서 너희들의 이야기를 들으니까 알잖아. 집에 어떤 어려움이 있고, 너희가 학생이 해야 할 고민이 아니라 생계의 고민을 하고 있고, 그래서 앞서 포기하는 일들이 너무나 많다는 걸 선생님은 잘 알고 있어. 학교에서만큼은 너희들이 세상에서 제일 중요한 사람이라는 걸 느꼈으면 좋겠어. 다행복학교가 그래서 어떤 시스템인지, 무엇을 하는 건지 보건 선생님은 아직도 잘 모르는 부분이 많지만, 너희가 조금씩 학년이 높아질 때마다 조금씩 표정이 밝아진다는 건 분명히 알고 있어. 학교에서 웃음소리가 많이 들리니까, 보건 선생님은 그게 제일 좋지.

선생님은 손목을 그어서 왔던 아이, 손등을 칼로 긁어서 왔던 아이, 얼굴을 길게 그어서 피범벅으로 왔던 아이. 다 기억하지. 모두 몸보다 마음이 아파서 그랬던 거야. 많은 사람과 마음을 주고받으면서 감정이 흘러야 하는데 혼자라는 느낌에 자꾸 메말랐던 거야. 정서적으로 힘들어하는 게 느껴졌고.

늘 반송에 사는 게 부끄럽다고 말하는 아이들이었어. 선생님들이 바꿀 수 있는 건 학교뿐이니까 학교라도 부끄럽지 않게 바꿔야 했지. 1년에 한 번씩 소변검사하고, 건강 체크 결과도 알려줘야 하니까 나는 담임선생님들하고 가깝게 지내면서 너희들 상황을 공유했어. 사실 전교생을 다 만날 수 있는 건 나밖에 없기도 하니까.

응답하라 반송중

지금 돌이켜보면 보건실에 와서 난장판 만드는 아이들도 많았지만, 다른 선생님들과 의논하면서 아이들을 지켜내는 게 즐거웠어. 나는 힘들어도 학교 오기 싫다는 느낌은 없었어. 평범하게 매일 똑같은 나만의 일을 하면서도 누군가를 지켜낼 수 있다는 사실이 좋았어.

선생님은 반송중학교에서 퇴임할 거야. 여기서 너희들하고 재밌게 지내면서 직장생활이라는 걸 마치고 싶어. 아직 해야 할 일들이 많아. 반송중학교가 선생님 학교 다닐 당시와 비교해봐도 크게 시설이 달라진 게 없었어. 시간은 흘러가는데 반송의 골목, 학교, 모든 게 바뀌지 않았지. 변하지 않는 모든 것들이 그저 천천히 열악해지고 있거든. 더 변해야 하고, 많은 것들을 손봐야 해. 학교도 선생님도.

나는 보건이 업인 사람이니까 너희들이 건강한 게 행복이지. 물론 신체적인 건강만이 아니라 정신적인 건강까지 포함해서. 그리고 특히 다행복학교에서는 학생만이 아니라 선생님도 건강해야 해. 행복해야 건강해질 수 있는지는 모르겠는데, 건강해야 행복할 수 있는 건 맞아.

'다행복학교에서 학생만이 아니라 선생님도 행복해야만 한다. 그리고 나도 행복해야만 한다.' 지금 선생님의 철학이야.

# 우리는 닮은 꼴이야
## – 학교의 기둥 : 김진희, 김윤경 선생님

선생님은 교육실무원이야. 이름은 김진희고, 적을 때는 실무원이라고 적으면 돼. 실무원 선생님마다 여러 역할이 있는데 나는 과학이랑 전산 담당. 보통 학교에는 실무원 선생님이 2명씩 있어. 그런데 다행복학교에는 한 명이 더 배정되어서 총 3명이야. 나는 2018년 다행복 3년 차일 때 와서 시작하는 단계도 보고, 지금 잘 안정시키려고 하고 있지. 처음 일반 학교에서 넘어올 때는 막연하게 일이 많다고만 생각했어. 그래서 엄청나게 걱정했는데 생각보다는 분위기가 좋아서 다행이었지.

내 이름은 김윤경이고, 교무교육 실무를 담당하고 있어. 선생님들을 보조해주는 역할이지. 처음엔 '방과 후 코디'로 시작해서 교무실무원까지 하다가 5년 전에 반송으로 넘어왔어. 나랑 김진희 실무원님 둘 다 올해가 반송에서 마지막 해이고. 마지막일 때 너희가 이렇게 인터뷰도 해주니까 너무 좋네.

가장 기억나는 거? 2월에 진행하는 '새 학기 워크숍'이야. 실무원도 함께

가자고 하시더라고. 보통 그렇게 하지 않거든. 행정직이랑 교사랑은 확실히 분리되어있어. 함께 일하지도 않고, 서로 가깝지도 않고. 그런데 반송중학교는 '모두 다 같이'가 기본적인 태도랄까. 워크숍을 다녀오고 나서 나도 학교에 빠르게 흡수된 느낌이었어. 서로 챙겨주니까 일터라기보다는 놀이터 같기도 했고. 제일 좋은 건 반송중학교에 와서 자존감이 높아졌어. 늘 교사를 보조하는 역할로만 있다가 나만의 고유한 업무가 생기니까 성취감도 들고 완성한다는 느낌도 들고. 그래서 자발적으로 뭘 도와드리면 될지 물어보기도 해. 너희가 친구들하고 준비하는 봄학교에 가기도 하고. 선생님들도 작은 행사를 할 때나 교육 프로그램을 할 때 항상 우리를 초대해줘. 당연히 가야 한다고 하면서. 그 마음이 고맙지. 학교 차원에서 결정할 중요한 의사결정이 있으면 그것도 함께 의논해주고. 보통 손님이 오면 응대해야 하잖아. 커피를 내어주거나, 다과를 마련하거나 하는 일들을 실무원들에게 부탁하기 마련인데 여기 반송중학교에서는 선생님들이 다 직접 해. 우리는 우리 고유의 업무에만 집중할 수 있게 많이 고려해주는 게 느껴져서 좋아.

나는 처음 이 학교에 왔을 때, 학교로 출근을 하기 전이었는데 교장 선생님이 전화를 주시면서 회식 자리에 초대하시더라고. 보통 출근 전에는 굳이 챙기지 않는데 미리 전화 주고 챙겨주시는 마음이 좋았어. 이후에 학교에 처음 와서 인사하는데 교무실에서 다들 안아주시더라고. 그리고 지금 우리가 다 교무실에 함께 있어. 예전에 초등학교에 있을 때는 교감 선생님과 교무부장, 실무원인 나까지 해서 3명만 따로 방을 썼는데 여긴 모두가 한 교무실 안에 같이 있어. 처음에는 그게 엄청 어색하더라고. 그런데 시간이 지나니까 가까워지더니 지금은 일도 빠르게 처리할 수 있고, 선생님들하고도 동료 의식도 생기고 훨씬 좋아.

맞아. 예전에는 나도 발령받고 1월 1일 전에 미리 인사를 하러 왔는데 그때 교장 선생님이 여성분이었는데 나를 포근하게 안아줬어. 우리 학교로 오게 되어서 반갑다고 안아주셨던 따뜻함이 기억나고, 솔직히 모든 교장 선생님들이 권위적일 텐데 여긴 아주 자유로워. 나도 과학 실무를 볼 때 선생님들이 곁에 있으니까 바로 물어보거나 의논할 수 있고, 또 3명의 실무원도 다붙어 있어서 서로에게 힘이 많이 돼. 다른 학교는 교무실이 여러 개인 곳도 있거든. 여기 와서 평범하다는 것이 뭘까 고민을 많이 해.

우리는 따로 기억나는 아이들보다 기억나는 사건들이 있어. 너희도 나이스라는 프로그램 들어봤을까? 보통 선생님들이 나이스로 시간표를 직접 짜시거든. 그 권한을 실무원에게 넘기질 않아. 우리가 어떤 지출을 했을 때 쓰는 품의도 마찬가지고. 이런 일들 자체가 권한이자 권위거든. 그런데 다행 복학교 중에서도 특히 여기 반송중학교는 시수 배정을 우리가 다 직접 해. 교육과정에서 꼭 해야 하는 횟수를 지키면서 우리가 선생님 시간을 배정하면 보통 그대로 학기 과목들이 배치돼. 다른 학교는 연륜 많은 분 시수를 작게 하고, 초임 교사 시수를 많이 늘리거든. 그런데 여기는 나이나 위계로 시수가 정해지지 않아. 내 시간표가 편해지면 다른 선생님 시간표가 불편해지는 건 당연하니까. 그리고 반송중학교는 독특한 게 보강 수업이 생기면 교장 선생님이랑 교감 선생님이 제일 먼저 들어가. 너희 반에도 몇 번 교장 선생님이 들어갔을걸? 내일도 다른 선생님이 출장 가셔서 시간표가 비는데 교장 선생님이 하신다고 하셨어.

나는 2019년에 했던 '다행복 한마당'이 제일 기억나지. 너희는 모를 수도 있는데 매년 다행복학교들끼리 모여서 주제를 정하고 돌아가면서 발표도 하는 시간이 있어. 서로 어떻게 지내고 있고, 무슨 고민을 하는지 교류하는 시간이야. 보통 다행복 한마당을 하면 실무원이 참석할 프로그램은 없거든. 그래서 실무원도 함께할 주제가 있으면 좋겠다고 지나가며 말했는데 다행 복부장 선생님이 교육청에 건의를 하셨대. 그래서 어쩌다 보니 우리가 '다행 복 한마당'에서 엉겁결에 발표를 하게 된 거야. 다행복학교의 교육실무원이 어떻게 학교 살이를 하고 있는지, 어떤 일들과 어떤 고민을 하는지 발표했었 어.

강의는 김진희 선생님이 진행했지만, 내용을 짤 때는 실무원 3명이 다 같 이 붙어서 머리를 짜냈어. 엄청 힘들더라고. 너희들이 친구들과 매년 봄학 교, 가을학교 어떻게 만들어 내는지 참 대단하더라. 선생님들 모두 호기심 이 많고, 오지랖도 넓고 해서 매일 발표안을 고민했어. 이전 학교들과의 다 른 점이나 반송중학교에서 맡은 업무에 관해서 이야기했지. 다행복학교라 고 해도 업무랑 분위기가 정말 다르더라고. 그래서 우리 반송중학교만의 특 별한 분위기를 주로 고민했지. 모두 다 함께 걸어가는 공동체, 의사결정 과 정이나 업무 회의할 때 사소한 의견도 진지하게 받아주는 구조. 모든 이야기 를 다른 선생님들이 흥미롭게 들었어. 우연히 2019년에 했던 다행복 한마당 발표를 들었던 울산교육청 관계자분이 초대해주셔서 2020년도에도 2021년 도에도 강의할 수 있었어. 너무 좋은 경험이었지.

나는 그것도 기억나. 처음 이곳으로 이사 왔을 때. 그때 다행복학교 되고 나서 막 안정화할 때라 무척 바빴거든. 근데 학교 이사까지 겹친 거야. 그래 서 분주하게 나도 학교 상황을 본다고 같이 오고 했어. 이사는 딱 일주일 걸 렸는데, 짐 옮기는 거보다 포장하는 거랑 여기 와서 풀어서 정리하는 게 훨 씬 힘들었어. 학교 재산이니까 그냥 버릴 수도 없어서 버릴 것들과 챙길 것 들 모두 리스트 만든다고 힘들었지. 특별실마다 통신 라인이나, 인터넷, 스 피커, 컴퓨터 상태, 빔프로젝터까지 원활한 수업을 위해서 다 확인해야 하는 거야. 아예 새로운 건물로 들어가니까 하나하나 점검할 것들이 많았어. 그래 도 대부분 나에게 권한을 주셔서 책임감이랑 역할을 느끼고 일했지. 다들 내 의견을 존중하고 들어주셔서 힘들어도 재밌었어. 원래는 개학 일자에 맞추 지 못하는 일정이었는데 코로나19로 개학이 늦어지면서 정비할 시간을 조 금 더 벌어서 다행이었어. 코로나만 없었다면 이사 끝나고 다 같이 회식도 하면서 다시 으 으 하는 분위기를 만들 수 있었을 텐데 그러지 못해서 너 무 아쉽지. 아마 내 인생에서 다시 학교를 이사할 일은 없을 테니까 더 기억 에 남아.

진희 선생님이 말씀하신 것처럼 코로나19로 모두 힘들었어. 이사로 정 신없기도 하고, 코로나라는 변수 때문에 모두 예민했었어. 너희가 지금 이렇 게 인터뷰하는 것처럼 다행복학교의 특징이 소통이잖아. 워크숍도 하고 협의회도 여러 개 운영하면서 소통을 정말 잘하던 곳이었는데 코로나로 모일 수가 없으니까 사람과 사람 사이의 사소한 일들을 풀지를 못했어. 학년 팀은 학년팀대로 컨트롤할 일들이 많았고, 업무는 업무팀대로 힘들었고. 일의 양이 똑같아도 서로 협력하면서 스트레스를 풀고 했는데, 만나질 못하니까 다들 힘들어했어. 성취감 없이 일만 남으니까 당연했지. 위기가 서서히 다가오는데, 대처를 하지 못했어.

나에게 다행복학교는 '존중받는 공간'이라고 하면 될 것 같아. 여기서는 일을 찾아서 하게 돼. 분위기가 자발적으로 움직이게 한달까. 시키는 분위기면 굳이 내가 이런 일까지 해야 할까 고민했을 텐데 여기는 하지 않아도 되는 일에 힘을 보태면 기분이 좋아. 다들 '덕분이에요', '고생합니다', '고맙습니다', '선생님들 덕분에 할 수 있어요', '바쁜데 미안해요' 이런 말들을 해주거든. 부탁도 사실 쉽게 안 하셔. 어떻게든 스스로 해결하려고 하다가 정말 도움이 필요할 때만 부르시니까 서로 이미 알고 있지. 내가 반송중학교에 온 첫해에 성과금을 받았어. 보통 실무원들한테는 성과금을 안 주거든. 그런데 선생님들끼리 조금씩 돈을 모아서 실무원, 복지사, 영양사, 조리사, 환경미화원, 생활 지킴이까지 다 나눠준 거야. 큰돈은 아니었지만, 그 마음이 너무 컸어. 편지까지 써서 주셨고 나도 그 봉투를 아직 가지고 있고. 이런 마음까지 받아도 되는지 고민할 만큼 고마웠지.

나에게 다행복학교는 '유대감'이야. 실무원들은 보통 학교 아이들을 잘 모르거든. 그런데 우리 학교는 아이들도 인사를 해주고, 선생님들도 본인들

고민을 이야기하니까 전교생이 대충 누구인지 알고 있어. 학교에서 일하면서 학교 아이들과 잘 알고 있다는 게 기분 좋아. 사실 우리도 교사들처럼 너희들하고 가깝게 지내고 싶거든. 기회가 없을 뿐이지. 1학년에 봤던 아이들이 3학년으로 커서 지구환경 프로젝트나 마을 프로젝트들을 멋있게 해내는 거 보면 부럽고 기뻐. 나도 학생 때 이런 프로젝트 있었으면 재밌었겠다 싶고, 성장해가는 너희들을 보는 것도 기쁘고. 너희들에게 새로운 기회가 있다는 게 중요해. 그래서 나도 봄학교나 겨울학교나 다 사진을 찍으러 가잖아. 너희들 표정이 궁금해서도 가고, 미니게임도 재밌고. 사실 내가 가을학교 시간표를 직접 짜니까, 누가 회의에 들어가는지, 거기서 어떤 이야기가 오고 가는지, 학교의 어떤 공간을 쓰는지 제일 먼저 알게 돼. 얼마나 애써서 준비하는지 잘 아니까 도와주고 싶어. 너희가 요청한 공간을 잘 배정하고 진행 상황도 체크해주고. 이렇게 알게 모르게 학교의 모든 일이 궁금해지고 가깝게 느껴지는 게 나에게는 다행복학교야. 학교에서 일하면서 이렇게 깊은 유대감을 맺어본 적도 처음이고.

행복이라. 마지막 질문이 제일 어렵네. 처음 반송중학교에 왔을 때는 사실 불행하다고 느꼈어. 나는 지망학교에 반송중학교를 적질 않았거든. 점수도 높았고, 적지도 않았는데 왜 반송중학교냐고 교육청에 전화해서 따지기도 했었어. 무슨 마음이었는지는 모르겠는데 괜히 울기도 했고. 내가 오기전에 계시던 실무원 선생님도 반송중학교로는 오지 말라고 했었어. 그런데 막상 와보니까 다른 거야. 일이 많지만, 감정노동이 없으니까 행복했어. 그제야 안 거지. 일의 많고 적음이 중요한 게 아니고, 어떻게 일하는가가 더 중요하다는걸. 결혼하고 나니 누구의 아내, 엄마, 며느리, 딸인 거야. 어디에서도 나라는 사람을 인정해주지 않았어. 그런데 여기에선 나란 존재가 있어. 내 일이 있고, 내가 필요한 사람이 있고. 나에게 행복은 '존재감'이야.

# 나에게 다행복학교는
## '엄마들도 새로운 걸 배울 수 있는 곳'이야
### – 조영희 학부모회장

얘들아, 반가워. 덕분에 오랜만에 학교에 오네. 어떻게 이런 작업을 시작한 거야? 대단하다. 나중에 마무리되면 꼭 아줌마한테도 한 권 선물해줘야 해. 나는 2021년도에 학부모회장 했었어. 세홍이 형 기억하지? 세홍이 형이 학생회장 하면서 자연스럽게 나도 학부모회장을 했었고, 운영위원장도 했었어.

반송은 시집오면서 살게 됐지. 벌써 19년 째네. 처음엔 반송을 전혀 몰랐던 채로 왔어. 남편이 이 동네 사람이거든. 여기서 나고 자랐던. 나도 부산에서 태어났는데 반송이란 지역이 있다는 걸 전혀 몰랐어. 처음 살림을 꾸리려고 들어오니 많이 외곽이었고 소외된 지역인 것 같아서 불편한 점도 많았지. 그런데 또 살다 보니 공기도 좋고, 다들 마을처럼 붙어살면서 정도 많이 주시고, 세홍이 키우기도 좋았고. 옛날 반송은 동네도 작고, 편의시설도 부족해서 아쉬운 점이 많았는데 지금은 아이들 놀이공간도 생기고, 청소년문화의집도 생기고, 주민을 위한 공간이 많이 생겼다고 생각해. 조금씩 동네가 좋아지고 있다는 게 느껴져.

반송중학교가 다행복학교라는 건 세홍이가 입학하기 전부터 알고 있었어. 일부러 아이들을 보내고 싶어 하는 엄마들도 있었고, 피하고 싶어 했던 엄마도 있었는데 결국 3년 동안 함께 하면서 보니까 확실히 다른 학교와는 차별화된 내용이 많았지. 학부모 입장에서는 너무 감사한 일이야. 가장 먼저 이 학교를 만들어간 분들에게도 고맙고, 지금 열심히 애쓰고 있는 선생님들도 고맙고. 열정으로 아이들을 대해주니까 그것만으로도 많이 안심하는 편이지.

서로 잘 챙겨가면서 유대관계 속에서 함께 성장하는 게 느껴지니까 엄마들은 학교에도 고맙고, 선생님들에게도 고맙고, 너희들에게도 고마워. 세홍이 형이 늘 학교에 남아있고 싶어 했거든. 지금도 봄학교랑 가을학교가 많이 그립대. 나도 너희들 행사에 도우미로 참여하면서 친구들끼리 신나게 뛰어노는 걸 가까이 지켜볼 수 있어서 좋았고. 보통 엄마들이 너희들 뛰어노는 걸 볼 기회가 많이 없잖아. 사춘기니까 안 좋아하기도 하고. 그런데 반송중학교에서는 나도 축제의 일원이 되어서 함께 즐길 수 있어서 가장 좋았어.

선생님들과 직접 관계도 맺고, 부모들도 편하게 다녀갈 수 있게 학교 문도 열려 있고. 학교라는 곳에 담장도 울타리도 교문도 없는 느낌이라 더 적극적으로 도와주고 싶어서 애착이 많이 갔어. 너희도 그렇지 않았니? 아무도 신경 쓰지 않는 침체한 학교가 아니라서, 하루하루가 소란스럽고 부산스러워서 세홍이 형이 학교 다니는 동안 참 좋았어.


반송중학교는 다양한 선생님들이 많다는 게 특징인 것 같아. 교장 선생님도 학교에 헌신하시잖아. 자기 집처럼 매일 청소하고, 토요일에도 출근해서 학교 점검하고, 아이들을 위해서 프로그램 연구하고. 그 의욕을 닮고 싶어서 지금도 종종 연락하고 있어. 모든 선생님이 동네 주민같이 편한 느낌이라 지내기 편안했어. 학부모들이 필요하다고 하면 예산도 적극적으로 마련해주셨고. 처음에는 다행복학교가 어떤 공간인지 몰랐는데 지금은 알 것 같아. 다행복이니까 학생들만 행복한 게 아니라 선생님들도 학부모들도 모두 행복한 게 중요한 거지. 함께 행복해지는 게 이 학교의 목표야. 선생님들이 요청하는 것들도 모두 너희가 행복해지기를 바라는 마음에 그러는 거니까 천천히 따라가 봐도 괜찮을 거야.

물론 당장은 의미가 없어 보이니까 불안하겠지. 아줌마도 그랬는걸. 반송중학교 운영위원회에 있는 모든 엄마가 사실은 다 반신반의했었어. 다른 중학교에서는 벌써 입시 준비한다고 자율학습하고 서둘러 진도를 나간다고 하는데 우리는 자율성, 적성, 토론의 즐거움을 가르치니까 불안했었지.

그런데 딱 2년 지나니까 너희들의 자존감이 엄청나게 높아진 게 느껴졌어. 성적이 좋아져서가 아니라 너희들이 각자의 기질을 찾아서 그랬던 것 같아. 내가 누구인지 알고, 어떤 걸 잘하는지를 알고, 앞으로 무엇을 더 공부해야 할지를 스스로 알게 되어서 나오는 힘. 엄마 아빠라고 하더라도 자기 자식이 어떤 걸 좋아하는지 알기 힘들거든. 그런데 반송중학교에서는 선생님들이 그걸 찾게 도와주니까 좋았지. 지금은 엄마들도 모두 만족하고 있어. 너희도 곧 찾게 될 거야. 너희가 뭘 하고 싶고, 뭘 좋아하는지. 아마 이렇게 선생님들이랑 아줌마 만나서 인터뷰하면서 새로운 힌트를 찾게 되었을걸?

분명히 세홍이 형도 헤매던 시기가 있었어. 성적이 좋지 않아서 의기소

침하던 때도 있었고, 원하는 고등학교에 갈 수 있을지 불안해하기도 했었고. 그런데 결국 세홍이 형이나 다현이 형이나 모두 자기가 원하는 곳으로 갔잖아. 그게 중요한 것 같아. 인문계나 특성화고냐가 아니라 반송중학교에서는 네가 원하는 학교로 갔는지를 물어보잖아. 작년 형님들도 엄청 다양하게 고등학교에 갔어. 적성이 무엇인지 알게 되니까 고등학교에서도 해야 할 일들이 분명히 보였던 거지.

아줌마는 학부모회장 하면서 너희들끼리 싸우기는 해도, 다 같이 모여서 한 사람을 괴롭히는 학교폭력은 없어서 좋았어. 서로 특기나 재능이 다르다는 걸 아니까 시샘하거나 질투하지 않고, 무시하지도 않고. 나만의 모습을 자꾸 발견하게 선생님들이 도와주니까 서로 존중할 수 있었던 게 아닐까 해. 어제도 다현이 형이 선생님들 만나러 학교로 찾아왔다며. 반송중학교에서 내가 누구인지를 발견하게 되니까 형들도 그리워하는 거 같아.


내가 기억하는 반송중학교의 사건은 아랫반송에서 지금 여기로 학교를 옮긴 게 가장 크지. 그때 공사가 전혀 되지 않은 상태였는데 학교를 옮긴다고 했었어. 강당도 나중에 새로 지을 거라는 말에 걱정했었지. 엄마 입장에서는 학교에서 공사를 한다는 게 이해가 안 되는 거야. 위험하기도 하고, 시끄럽기도 하고. 공사가 금방 끝나지도 않잖아. 빨라야 1년이니까 아이들 3년 중에 어쩌면 절반을 공사로 보내는 거니까 다들 반대가 심했어. 너희가 반송초등학교 졸업했다고 했나? 그럼 아랫반송에 있던 중학교가 여기보다 훨씬 큰 것도 잘 알겠네.

엄마들은 무조건 넓은 운동장이 좋다고 결정해서 교육청하고 많이 싸웠지. 엄마, 아빠들이 교육청까지 가서 집회도 했었어. 남자아이들이 운동장을 써야 하는데 곳곳에 공사 자재들이 있으면 안 된다는 게 우리 생각이었어. 너희들에게 축구는 생명이잖아. 농구는 인생이고. 눈 뜨면 공차고, 운동장에서 먹고 마시는 게 일과인데 운동장이 사라지면 안 되잖아. 엄마, 아빠들이 지켜줘야지. 그래서 우리는 무조건 완공되면 아이들 보내겠다고 말했는데 도저히 중간지점이 없었어. 교육청의 의지라 교장 선생님도 누구의 편을 들 수가 없고, 아무리 우리와 사이가 좋은 교장 선생님이라도 계속 충돌이 있었어.

결국 어쩔 수 없이 학교 공사는 시작하고. 여전히 우리는 불안한 채 2020년에 개학했는데 코로나라는 더 큰 문제가 생겨버린 거야. 그때 선생님들하고 아이들을 보호하기 위해 함께 고민하면서 다시 관계가 조금씩 좁혀졌어. 거리두기와 학습권 사이에서 어떻게 선택할지 진지하게 조율했었어. 그렇게 학교 통폐합이랑 코로나19를 통과하면서 학부모 전체 네이버 밴드가 만들어진 거야. 모든 학생 부모님들이 들어오고, 교장 선생님도 들어오고. 부모들이 생계 때문에 바빠서 아이들 일상을 접하지 못하는데 교장 선생님이 매일 너희들 사진 찍어서 올려주셔. 학교에 매일 나오지 않아도 오늘 1학년 아이들이 뭐 했는지, 2학년 아이들이 어디로 체험 학습 갔는지, 3학년이 어떤 프로젝트 진행했는지 매일 사진으로 바로 볼 수 있는 거지. 스마트폰만 들여다봐도 이번 학기를 어떻게 보냈는지를 아니까 엄마들은 고맙지. 너희가 지금 하는 프로젝트도 네이버 밴드에 다 올라오고 있어.

나에게 다행복학교는 '엄마들도 새로운 걸 배울 수 있는 곳'이야. 학교 선생님들이 엄마들이 참여할 수 있는 마을 교육도 다 알려줘. 아이들이 학교에서 밭을 관리하고, 감자도 심고, 목공수업을 받는 것처럼 엄마들도 교육청에서 하는 '씨앗동아리' 지원사업에 붙어서 학교에서 원예 수업을 진행했어. 학교에서 식물 심고 관리하는 법을 배워서 직접 자격증 공부도 시작하고 지금은 다들 '유기농업기능사' 자격증을 따서 도시농업관리사로 활동하시는 분들도 많아.

아이들만이 아니라 엄마들도 학교에서 새로운 걸 배워. 엄마들한테도 반송중학교가 배움이 있는 학교인 거지. 민망하지만, 엄마들도 학교에 와서 새로운 진로를 찾고 있어. 이제 조금만 더 있으면 해운대구청에 농업공동체로 인증받아서 새로운 활동도 시작할 거야.


벌써 마지막 질문이구나. 행복이라. 나는 '살아있는 시간'이 행복인 것 같아. 세홍이 형이랑 함께 서로 의지하면서, 버티면서 그냥 살아있는 일상이 고맙고 행복해. 오늘 봤던 사람이랑 내일 다시 볼 수 있다는 게 얼마나 축복받은 일이고, 감사한 일인지 이젠 알고 있으니까. 너희도 행복을 너무 멀리서 찾지 않았으면 좋겠어. 선생님들하고 만나고, 친구들하고 축구 경기를 하며 놀 수 있는 오늘이 행복일 거야.

그리고 하루하루가 아무리 힘들고 지옥 같아도, 오늘을 다르게 만들 수 있어. 오늘 하루의 기분과 환경은 너희가 직접 선택하는 거야.

○ ○ ○ ○ ○ ○ ○ ○ ○ ○ ○ ○ ○ ○ ○ ○ ○ ○ ○ ○ ○ ○
# 반송중학교는 인생을 다방면으로 바라보고, 많이 성장할 수 있도록 도와준 곳이야.
## – 김세홍 전 학생회장

반가워. 형은 2019년도에 입학해서 2021년까지 다녔고, 2021년도에 학생회장을 했었어. 나도 반송에서 오래 살았지. 반송이 외곽이라 작다고 해도 천천히 살펴보면 도서관도 있고, 버스와 지하철역도 가깝고, 문화시설도 있으니까 딱히 부족한 점은 없었어. 우리 동네가 그렇게 크지 않으니까 웬만하면 모든 친구와 잘 지냈던 것 같고. 영산대학교 근처에 청소년문화센터와 놀이센터도 있고 너희도 이번 방학 때 친구들이랑 체험해봤으면 좋겠어.

처음 반송중에 입학했을 때 많이 긴장되고 낯설었었지. 너희도 알겠지만 우리는 4개 초등학교에서 모두 반송중학교로 모이잖아. 다른 학교 친구들을 만나니까 새롭기도 하고 긴장되기도 하고 그랬지. 그나마 내가 다녔던 초등학교의 인원이 많아서 괜찮았는데 1학년 때는 서로를 너무 어필하니까 다투기도 하고, 크고 작은 사건도 있었고 너무 일들이 많았지. 그때 나는 아랫반송에 있는 옛날 반송중학교에 입학했었어. 지금에 비하면 건물 상태도 많이 노후 됐었고, 작동되지 않는 물건들도 많았어. 그때는 강당도 없었고, 한 번씩 수도꼭지에서 노란색 녹물도 나왔어. 옛날 반송중학교가 그립긴 하지.

1학년은 자유학년제라서 시험을 치지 않았으니까 학업에 대한 부담이 없어서 친구들하고 즐겁게 다녔었어. 기억나는 프로그램이 있는데 옛날 반송중학교 뒤뜰에 가면 작은 잔디가 있었어. 그곳에서 진로 선생님들이 식물을 키웠는데 한 번씩 뒤뜰로 나가서 레몬차를 마셨어. 매실차도 마시고 달콤한 과자도 먹었어. 선생님들이 엄청 예쁜 찻잔으로 준비해주셔서 좋았어. 뭐랄까. 선생님들이 우리를 챙겨주시는 게 느껴져서 그랬나 봐. 중학교 선생님들은 훨씬 무서울 줄 알았는데 너무 편하게 챙겨주셔서 학교생활이 즐거웠어.


1학년을 돌이켜보면 새로운 친구들을 만나서 함께 공부하는 것 자체가 색다른 경험이었고 재밌는 시간이었지. 너희는 지금 어떤 수업을 하는지 모르겠지만, 우리는 문화센터에서 드론도 배우고, 웹툰도 배웠었어. 시험을 치거나 평가를 받는 게 아니니까 눈치 보지 않고 프로그램들을 즐겼던 것 같아.

나는 수학이 제일 재밌었어. 조금만 공부하면 공부한 만큼 실력이 올라가는 과목이거든. 과학은 수업할수록 실험이 심화하는 게 재밌었고, 가정 시간에 친구들이랑 치킨 너겟, 떡볶이를 만들어 먹었던 것도 기억나고. 초등학교에는 농구장이 없었는데 중학교에는 농구장도 있고, 농구를 좋아하는 친구들이 많아서 제일 좋았지. 방과 후 활동도 했는데 친구들이랑 축구하고, 바로 요리 수업해서 밥 먹는 것도 좋았어.

2020년에 지금 반송중학교로 이사 왔어. 그때는 코로나19가 시작할 때라서 개학도 늦어지고, 마스크를 쓰고 등교하는 것도 다 어색했어. 학교가 바뀌어서 그런 건지, 아니면 마스크를 쓰고 수업 들어서 그랬는지는 모르겠는데 너무 적응이 어려운 거야. 그리고 예전 반송중학교는 아랫반송 골목에 있어서 문구점도 있고, 분식집도 가까이 있었는데 옮긴 학교 주변에는 딱히 가게들이 없어서 아쉬워. 전자칠판으로 바뀌고 벽도 튼튼하고 물도 깨끗해서 좋았는데 학교 분위기가 또 달라진 것 같았거든. 아마 그래서 우리가 더 열심히 활동했던 것 같아. 새로운 학교에서 처음 시작하는데 코로나19 때문에 너무 조용했거든. 어떻게든 비어있는 이야기를 채우고 싶었어. 코로나19 때문에 1학년 때 했던 다문화 체험 활동들을 하지 못해서 제일 아쉬웠지. 코로나 이전에는 아침 등교할 때 여러 나라의 전통의상을 입고 인사 캠페인을 했었어. 지금도 하려나.

봄학교, 가을학교에는 아침 인사할 때 떡을 나눠주기도 했었고, 형들이랑 축구대회도 열었는데 진짜 재밌었어. 지금도 한 번씩 생각나. 학생회 간부가 되면서 재밌는 걸 많이 해보고 싶었는데 2학년 시기에는 크게 해본 게 없었지. 선생님들도 많이 걱정하셨고, 자치적인 활동도 없었고. 우리도 교실에서 마스크 쓰고 수업받는 게 제일 힘들었어. 처음엔 방역 수칙이 너무 많았으니까 친구들하고 놀지도 못하고, 학교가 학교 같지 않았달까. 하나 좋았던 건 학년별로 나눠서 밥을 먹으니까 3학년 형들한테 맛있는 반찬 다 빼앗기지 않아서 좋았어. 3교시부터 점심시간을 시작해서 3개 학년이 돌아가면서 먹었던 기억이 나. 등교도 시간대별로 나눠서 하고, 수업 시간도 단축되어서 좋았어. 너희는 어때? 코로나19 확진 받은 친구도 있어?

가을학교 아이디어를 달라고? 기억나는 것부터 말해보면 3학년 2학기 때 석대천에서 하는 마라톤이 있었어. 물가를 따라서 마라톤을 하면서 포스트별로 미션을 만들고, 학생회가 옆에서 물총을 쏘면서 방해했었어. 엄청 재밌었어. 미션 부스 만들어서 '몸으로 말해요', '축구 리프팅 부스'도 있었고. 그땐 2학년 학생회가 다 준비했었어. 내가 알기로는 반송중학교에서 전통적으로 마라톤 행사가 있었는데 그때 우리가 가을학교 때 하자고 했었어.

그리고 체육대회 때 비가 왔는데 보통의 경우 야외활동을 하지 않지만 우리는 선생님들에게 허락받고 비를 맞으면서 축구 경기를 했었어. 진흙 바닥에서 비 맞아가면서 하는 게 정말 재밌었는데 엄마들은 엄청나게 싫어했던 기억도 있어.

학생회 조직은 내가 딱히 잘한 건 아니었고, 친구들이 잘 참여해줬지. 그때 동생들도 많이 도와줬고. 너희도 3학년 되면 학생회 했으면 좋겠어. 우리가 직접 기획하고 참여할 기회가 고등학교 오니까 많이 없더라. 반송중학교에서 경험할 수 있는 것들은 모두 적극적으로 해보라고 말하고 싶어.

선생님들하고도 잘 지내고. 고등학교 오니까 선생님들 생각이 많이 나. 역사 선생님이 수업 전에 명상하자고 하셔서 책상 위에 올라가 가부좌를 틀었던 기억도 나고, 친구들이랑 PPT 만들어서 모둠활동 했던 것도 기억나고.

반송중학교는 나에게 학교 공부만이 아니라 인생을 다방면으로 바라보고, 많이 성장할 수 있도록 도와준 곳인 것 같아. 반송중학교에서 공부 실력만이 아니라 사회적으로나 친구들과의 관계적으로나 다독이고 이끌어가는 능력을 배울 수 있었어. 기획하거나 홍보하거나, 실행하는 능력들도 충분히 연습할 수 있었고. 천천히 돌이켜보면 정말 지루했을 중학교 3년을, 책임감을 느끼고 학교에 다닐 수 있었다는 게 제일 감사한 일이야.

　3학년 때 학년 회장이 되고 나서는 너희들에게 더 좋은 학교를 만들고 싶었어. 학교에 건의함을 설치해 점심 메뉴를 학생들이 직접 고를 수 있게 하고 싶었는데 끝까지 만들지 못한 게 마음에 많이 남지. 그리고 학생회에서 '학교 교칙 개정'을 했었어. 원래 반송중학교 교칙 안에 두발 관련한 내용이 상세하게 있지 않았거든. 우리를 위해 어떤 교칙을 만들어야 할까 고민하면서 학생들 의견을 받는데 교복 말고 사복으로 등교하자는 이야기도 있었고, 점심시간에 휴대폰 사용을 허락하자는 안건도 있었어. 여러 가지 안건들이 있었는데 학생, 학부모, 선생님들 이렇게 세 그룹이 같이 이야기하면서 전체 설문조사를 진행하고, 세 그룹별 대표자들이 모여서 토론했어. 방송실에서 이걸 전교생에게 실시간으로 송출했었고. 전교생이 채팅으로 질문도 하면서 토론하고 투표해서 반송중학교 교칙이 개정됐어.

　나는 전교생이 학생회 활동에 만족하길 바랐어. 내가 1학년 때 학생회 형들을 보면서 느꼈던 부러움과 만족감을 친구들과 동생들도 느꼈으면 좋겠고. 형들에게 많이 배운 것처럼 나도 좋은 영향을 남기고 싶었어. 그래서 자율 동아리 개념으로 코로나19 때문에 없어졌던 반송중 '점심시간 축구 리그전'도 다시 활성화했었어. 또 봄학교를 준비하면서 '방과 후 미니매점'을 열었지. 우리 학교가 매점이 없어서 옛날부터 다들 아쉬워했었거든. 선생님들에게 매점을 만들자고 많이 말씀드렸었는데 당장 쉽지 않아서 상시적인 매점은 운영하지 못하고, 봄학교 축제 기간만 쓸 수 있는 임시 매점을 만들었어. 선생님들과 학부모님들이 도와줘서 가능했었고.

봄학교 3일 동안 임시 매점도 열리고, 마을 복지관과 함께 아침맞이도 하고, 점심시간엔 학생회에서 준비해 버스킹 무대를 운영하기도 하고, 보물찾기에 마스크 꾸미기 대회도 있었어. 임시 매점을 하는 만큼 학교와 마을에 쓰레기를 만들고 싶지 않아서 학생회 학생들이 직접 학교 주변을 다니면서 버려진 쓰레기를 주웠었어. 다들 많이 도와줘서 너무 재밌게 끝났었지. 너희도 가을학교에 매점 운영하자고 말씀드려봐. 물론 아까 말했던 것처럼 가을학교로 만들어진 쓰레기는 우리가 다 꼼꼼하게 치운다는 점 잊지 말고.

3학년이 되면 당연히 학업에 대한 부담이 생기지. 그래도 너무 걱정하지 마. 2학년 2학기 되면서 나도 진학에 대한 걱정이 많았는데 3학년 걱정은 내년에 해도 충분할 것 같아. 선생님들도 너희들이 어떤 걸 잘하는지 옆에서 많이 이야기해주실 테니까. 혼자 결정하는 게 아니니까 너무 걱정하지 않아도 돼.

나는 육군사관학교에 가고 싶어. 나라를 위해서 봉사하고, 국가를 지킨다는 게 매력적인 것 같아. 운동을 좋아하니까 나에게도 잘 맞을 것 같고.

지금 와서 생각해보면 반송중학교가 다행복학교라서 참 다행이야. 이렇게 졸업하고 나서도 너희들이 인터뷰로 찾아오기도 하니까. 중학교 기간 다양하고 많은 경험을 할 수 있어서, 즐거운 추억을 많이 쌓을 수 있어서 너무 다행이야. 여러 고민이 많았지만, 그래도 나의 중학교 시절이 즐거웠다고 말할 수 있다는 게 제일 좋아. 학교 안에서 했던 것들, 학교 밖에서 했던 것들 모두가 좋았어.

나에게 행복은 지금 사는 일상생활 속에서 크게 낯설거나 불편함이 없는 상태라고 생각해. 특별한 것보다는 지금 생활 안에서 찾고 싶어. 충분히 만족하고 지금 생활에 최선을 다하고 있다면 나는 행복하다고 말 할 수 있을 거 같아. 그리고 이제 고등학생이니까 항상 최선을 다하고 싶어. 하루하루가 정말 아쉽더라고. 열심히 할수록 결실들이 보람차니까. 너희도 그렇고, 반송중학교 선생님들도 그렇고 누군가는 아직 나에게 기대하고 있을 수 있으니까 실망을 끼치고 싶지 않아. 반송중학교는 좋은 추억이었고, 즐거운 순간들이었어.

# 선생님에게 행복은 무엇인가요?
## – 김상용, 이현경, 김민화 선생님

"선생님 저 인터뷰 내용 다 정리했는데요. 하나만 더 하면 될 것 같아요."

"어떤 거? 더 궁금한 게 남았어?"

"옛날 선생님들은 인터뷰했는데, 지금 우리 학년 선생님들한테 여쭤보질 못했어요."

"생각해보니 그렇네. 선생님들이랑 시간 맞춰 볼게. 내일 점심시간에 회의실에서 보자. 아? 어떤 선생님들을 모시면 되지?"

이제 막바지 작업에 돌입한 아이들. 아이들은 마지막 책 작업을 앞두고, 지금 자신을 담당하고 있는 선생님들과 만났다. 수업 시간에 배운 걸 제대로 이해했는지 늘 어른들의 질문을 받아내고 대답만 했던 아이들이 이젠 선생님들을 앞에 두고 자신의 질문을 던졌다.

2학년 1반이 던지고 싶다는 질문은 '선생님에게 행복은 무엇인가요?'. 나와 다르다고 생각해왔던 선생님들의 행복을 듣고 아이들은 천천히 학교에 마음을 열었다. 결국 우리가 같은 일상을 바란다는 걸 알게 되자 눈에 보이지 않던 마음의 장벽이 서서히 녹기 시작한 것이다. 국어의 김상용 선생님,

과학의 김민화 선생님, 수학의 이현경 선생님이 기록집 작업의 마지막 주인 공들이었다.

"선생님은 행복은 잘 모르겠고, 세상을 조금 더 행복한 곳으로 바꾸는 게 꿈이기는 해. 내가 그 변화에 도움이 되는 게 꿈인데 직업으로서의 꿈, 이상 으로서의 꿈도 마찬가지야. 선생님이 학교 오기 전에 기자로도 일했었는데 그땐 꿈을 세워도 가까이 다가가질 못했어. 그래서 방향을 살짝 바꿔서 너희 들을 서포트하는 역할로 왔어. 너희들이 행복하게 성장하면 세상도 행복해 질 거고 그렇게 바뀔 거라고 믿어."

언제나 교과서적인 예절과 예의를 알려주는 김상용 선생님은 세상의 행 복을 위해 아이들의 행복을 꾸려나갔다. 인생을 길게 보면 안 좋은 일의 양 은 정해져 있다는 '사고 총량의 법칙'을 말하며 아이들이 약할 시기 너무 많 이 어긋나지 않도록 하는 게, 자신의 바람을 따라 걸어가는 바람직한 어른 으로 성장할 수 있도록 도와주는 게, 선생님이 스스로 정한 자신의 역할이었 다.

와인을 좋아하는 선생님, 힙합을 좋아할 것 같은 겉보기와는 달리 잔잔 한 연주곡과 함께 책 읽는 걸 좋아하는 전형적인 국어 선생님이었다. 학교의 바쁜 업무와 교사로서 읽어야 할 책들에 짓눌려 정작 읽고 싶은 책들은 미루 고 또 미루는 날들. 세상 사람들이 밖에서 보는 교사로의 삶과 실제 보내는 하루는 너무나 다르다. 나의 아이들을 위해 쏟아야 하는 시간과 반송중학교 아이들을 위해 쏟아야 하는 마음 사이에서 매일 밤 갈등하는 보통의 아빠.

응답하라 반송중

"선생님은 성장했다고 느낄 때 행복했었어. 내가 가르치는 학생의 성장이든 아니면 나의 성장이든 그것도 아니면 다행복학교인 우리 반송중학교의 성장이든. 작더라도 과거와 다른 변화를 봤다는 거. 선생님은 그게 행복이야. 어떤 변화든 절대 그냥 일어나지 않아. 세상에 공짜는 없는 법이지. 변화를 위해선 노력해야 하는데 방향이 알맞아서 혼자가 아니라 같이, 내가 좋아하는 사람들과 함께 힘을 주어서 의미 있는 변화가 일어나면 선생님은 그걸 성장이라고 생각하고 행복해져."

김민화 선생님은 학교에 있어 가장 좋은 점으로 계절마다 눈에 띄게 성장하는 아이들과 마주하는 기쁨을 꼽았다. 성장하는 외모, 작년과 달라지는 목소리와 어투, 아직도 입학하는 날 교문에서 안아줬던 얼굴이 선한데 고등학교 교복을 입고 남자 냄새를 풍기며 다가오는 아이들. 돌발행동으로 모든 선생님을 곤혹스럽게 했던 아이들도 곧 달라지고 성장할 것이라는 작은 확인들.

반송중학교 아이들은 세상의 모든 현상을 원인과 결과로 구분해 바라보는 과학의 논리와는 달랐다. 오늘의 일탈이 어두운 미래의 원인으로 남지도 않았고, 어떤 환경에서 출발하든 개인의 의지로 다른 결과에 도달할 수 있음을 발견했다. 아이들의 오늘이 끝이 아니라는 걸 확인하는 기쁨이 선생님에게는 행복의 시작이었다.

"선생님은 긍정적인 태도가 행복이라고 생각해. 아침에 눈 떴을 때 학교가기 싫다는 우중충한 생각이 아니라, 오늘도 학교에서 친구들과 열심히 해보자는 긍정들. 사실 행복은 스스로 만들어 낼 수 있다고 생각해."

이현경 선생님과 행복이 무엇이냐는 질문은 맞지 않았다. 선생님에게 행복은 그저 태도였다. 행복을 조건으로 여긴다면 수많은 사람이 오고 가고, 매일 다채로운 이벤트가 펼쳐지는 대도시 한복판이 아니라면 어디에서도 행복은 찾을 수 없을 것이다. 해운대구 구석에 있는 동네였지만, 이 동네에 있는 유일한 남자 중학교였지만, 이곳에 있는 선생님들은 모두 행복하다고 말했다. 나에게 주어진 과업을 해내고, 곁에 있는 동료를 도와주고, 이곳에서 분명히 의미 있는 일을 해내고 있다는 당당한 태도가 선생님에게 행복을 남겼다.

매주 수업 시간에 만나 어려운 문제만을 꺼내던 선생님들이 아이들의 질문에 진지하게 답했다. 정답이 없는 문제였기에 나올 수 있는 해답들. 모든 질문에 꺼내진 솔직한 답변은 아이들에게 존중의 경험을 남겼다. 선생님들의 모든 단어를 놓치지 않고 적어낸 아이들이었다. 아이들은 마지막 문장과 함께 펜을 내려두었다. 〈응답하라 반송중〉. 아이들이 고민한 모든 질문이 끝났고, 반송중학교의 모든 구성원이 답했다. 이제 이 답을 모두에게 공유할 차례다.

# 8월 - 앗, 개학이다!

　　모든 인터뷰를 아이들 곁에서 함께 들었다. 아이들은 선생님들의 많은 문장이 좋았지만, 특히 '있는 그대로'라는 단어가 가장 좋았다고 말했다. 내가 누구인지, 원하는 일이 무엇인지, 바르게 걷고 있는지, 매일 흔들리고 있을지 모를 아이들에게 있는 그대로, 스스로를 사랑하고 안아주며 그저 하루하루 살아가는 것이 무엇보다 중요하다는 말이 큰 위로가 된 것 같았다. 굳이 말하지 않았지만, 3학년 진학을 앞두고 아이들은 지치고 외롭고 두려운 시기를 보내고 있었다. 중학교라는 공간을 떠나 낯선 고등학교로 가야 하는 전환의 시기를 앞두고 자신의 내일을 긍정하지 못하고 있었던 것이다. 나는 방학을 보낸 아이들이 친구들과 건강한 웃음과 친밀한 관계를 회복해 힘차게 걸어가는 모습을 상상해보았다.

　　반송중학교의 여름방학은 짧았다. 누군가에게 한 달은 그저 짧은 시간이겠지만, 성장기 소년의 생애에서 한 달은 세계관을 바꾸기에 충분한 시간이었다. 꿀맛 같은 방학이 끝나고 함께 시간을 보낸 아이들은 그사이 훌쩍 눈에 띄게 성장했다.

　　반송중학교에서는 대강 8월 15일인 광복절이 지나면 곧바로 개학이 기다린다. 2학기를 앞두고 분주해지는 건 학생만이 아니다. 선생님들도 알찬 2학기를 준비하기 위해 누구보다 분주히 움직여야 한다. 8월에 가장 먼저 진행하는 건 2학기 평가 계획과 함께 '학년융합프로젝트'에 대한 세부 계획 수립이었다. 모든 선생님이 다시 전문적 학습공동체로 모여 앉아 이번 가을과 겨울, 어떤 프로젝트를 진행할지 이야기하며 중요한 가닥을 잡았다.

반송중학교에는 매년 2학기마다 3학년 아이들이 주인공이 되어 전통적으로 이어져 오는 졸업 관문이 하나 있다. 바로 졸업하기 일주일 전, 3년 동안 학습을 마친 아이들이 이곳에서 경험하고 체험한 모든 것을 선배이자 스승으로서 후배들에게 전달하는 '수업 나눔 프로젝트'다. 3학년 아이들이 스스로도 자신을 믿지 못할 때, 반송중학교의 모든 선생님이 잘 할 수 있을 것이라 지지했다. 단 한 명의 어른도 아이들의 역량을 의심하지 않았다. 누구보다도 가까이에서 온 마음을 다해 충분히 오랜 시간 지켜보았기 때문이다. 나도 3학년 아이들이 도움을 요청하거나 멘토 교사가 되어달라고 말할 때 곧바로 응답할 수 있도록 수업 도구와 재료들을 미리 점검했다. 3학년 아이들은 네 명이 한 팀이 되어 45분의 수업을 기획했다. 학습의 가장 궁극적인 단계는 단선적으로 누군가의 가르침을 수용하던 학생에서 한 단계 나아가 다른 이에게 직접 자신의 배움을 전하는 교사가 되는 것이다. 서툴더라도 자신의 목소리로 1시간을 채웠다는 자긍심과 효능감이, 졸업을 앞둔 아이들에게 전하는 그 어떤 말보다 더 큰 격려가 될 것이었다.

3학년이 수업나눔을 준비한다면 선생님들은 아이들의 성장을 촉진하고 올바른 성과를 측정하기 위해 과목별 평가 계획을 새롭게 수립했다. 이번 학기가 끝나면 고학년으로 진입하는 아이들이 생기고, 또 중학교를 떠나 고등학교로 진학하는 학생도 있기에 국가 교육과정 속에서 균형 있게 무엇을 평가할 것인지, 또 어떻게 평가할 것인지, 그 지표와 방식의 균형과 타당성, 신뢰성과 적절성을 함께 고려하며 평가 계획을 수립했다.

선생님들이 담당한 과목마다 분명한 평가 목적이 존재했다. 국어는 단순하고 지엽적인 지식보다는 학습자의 실제적인 국어 능력을 평가할 수 있도록 계획을 수립했고, 과학은 과학적 사고력과 창의적 문제해결력을 길러 일상생활의 문제를 해결할 줄 아는 과학적 소양을 기르는 것이 평가의 목적이었다. 기술가정은 자신의 생애를 설계하고 평가하여 직업 가치관을 바탕으로 자기 적성에 맞는 진로를 탐색하고 설계할 수 있도록 하고자 했다. 그래서 반송중학교의 평가는 1등부터 꼴등까지 일렬로 아이들을 줄 세우기 위한 구별이 아니었다.

선생님들은 누구보다도 아이들을 제대로 평가하고 싶어 했다. 그래서 통상적인 지필평가 방식이 아닌 과정 중심의 수행평가를 고민했다. 아이들에게 중요한 건 단순히 문제를 잘 푸는 능력보다 함께 협업하며 복잡한 문제를 단계별로 해석하는 사고능력과 문제 해결 능력이었다. 나도 선생님들의 평가지표를 보며 진정한 교육의 의미가 무엇이어야 하는지, 또 나는 아이들에게 무엇을 전해주고 싶은지 깊이 고민했다.

# 9월 – 반송중은 2학기 중간고사가 없다!

여느 중학교라면 2학기 중간고사를 준비할 시간이지만 우리 학교는 과감히 중간고사를 없애기로 했다. 한정된 시간 안에 중간고사와 기말고사를 모두 채우는 것이 아이들에게 부담을 주고, 목표로 했던 평가지표에 도달할 수 없다는 공동의 결론에 도달한 것이다.

고등학교로의 진학을 앞둔 3학년은 2학기 시작과 함께 중간고사를 치고 다시 곧이어 기말고사를 쳐야 했다. 두 달 안에 시험을 두 번 쳐야 하는 아이들이 느끼는 피로도가 만만치 않았다. 억지로라도 시험을 쳐야 한다는 사실은 서둘러 진도를 나가는 선생님들에게 부담이었고, 무엇보다 2월 워크숍에서 수립한 반송중학교의 교육목표와도 맞지 않았다.

우리 학교 선생님들은 2017년부터 논의를 시작해 3학년 중간고사를 없애기로 합의했고, 2019년부터는 2학년도 2학기 기말고사 1회로 변경하였다. 시험이 없는 1학년을 제외하고, 2학년과 3학년은 11월 단 한 번의 시험으로 지필평가를 끝냈다. 이는 2학기 마지막까지 평가 중심의 교육과정에서 벗어나 아이들과 함께 끊임없이 학습과 배움을 이어가려는 방안이었다. 나는 일반적인 학교와는 다른 일정에 불안함을 느꼈다. 혹시나 한 번밖에 시험을 치지 않아서 3학년 아이들이 고등학교에서 격차를 느끼진 않을까 염려했다. 이건 학부모와 학생들도 마찬가지였다. 한 번의 지필평가가 학습의 느슨함으로 이어지지 않겠느냐는 너무도 당연한 우려였다. 우려를 접한 선생님들은 줄어든 지필평가의 빈도만큼 '과정 중심 수행평가'를 강화하는 것으로 대체했다. 2017년 이후 매년 무엇이 더 학생들과 교사들에게 긍정적인 방향일지 치열하게 고민하며 매년 수정하고 보완해온 결과다.

경험해보지 못한 방식에 두려웠지만, 공동체의 방향성을 믿어보기로 했다. 세상과 다른 걸음임에도 안심할 수 있었던 건 '전학공' 덕분이었다. 사실나도 학생들이, 단 한 번의 평가보다는 충분한 시간 동안 활동하고 역량을 발휘하며 이해력을 증진해가는 그 모든 과정을 긴 호흡으로 평가받기를 원했다. 아이들이 깊이 있는 내용을 가져갈 수 있도록 평가하는 수행평가 방식이 결국 수업의 질을 높이는 데 도움이 된다는 확신이 있었기 때문이었다.

선생님들은 2학기 수업 나눔 주간을 준비하며 다른 교과과목 선생님에게 사전계획안을 공유했고, 학년별로 중요한 지도 방향을 나누었다.

'영어가 어렵지 않고 쉽게 접근할 수 있는 학문임을 알려주고 싶어요.'

'다양한 문화생활을 향유 할 수 없는 반송 지역의 접근성을 고려하여 죄대한 많은 전시 경험과 사진을 보여주고 싶어요. 그래서 드로잉 수업과 교양적 동기를 유발하는 수업을 진행하고 있어요.'

'아이들의 고민을 읽고 고민에 어울리는 시를 처방하고 있어요.'

'내성적인 학생들을 고려하고 있고, 글쓰기를 통해 아이디어를 발산해내는 수업을 진행하고 있어요. 조별로 브레인 라이팅을 하면서 모둠별 아이디어를 토의해보는 수업을 진행할 예정이에요.'

수업 나눔을 진행하며 2학기의 시작을 탄탄하게 만들어가는 사이, 두 번의 계절을 보내고 학교 적응을 완벽하게 마친 1학년 아이들은 본격적인 자유학년제 수업을 진행하며 각자가 선호하는 내용에 맞춰 주제 반을 선정했다. 다양한 주제 반이 있었지만, 가장 내 눈길을 끌었던 건 교장 선생님이 담당하는 노작반이었다. 목요일 6교시만 기다리는 1학년 아이들은 교장 선생님과 함께 밖으로 나가 9월의 기온과 습도에 맞춰 학교 텃밭에 배추, 무와 열무를 심었다. 이번 겨울 반송중학교만의 김장을 준비하는 것이 목표였다.

이미 한 차례 각자의 수확물을 맛보았던 아이들이다. 지난 6월, 다행복부장 선생님이 진행한 수업에서 아이들은 각자의 화분에 감자를 직접 심고, 매주 물을 주며 지극정성으로 감자를 키워냈다. 성장하는 아이들이 키워내는 또 다른 여린 생물들. 볕이 좋은 곳이라 감자들은 금세 자랐고, 선생님들은 가장 감자알을 크게 키워낸 아이에게 상을 주기도 하고 함께 기른 감자로 맛있는 점심을 나누며 수확의 기쁨을 알려주었다. 이번에도 가장 큰 배추와 무를 키워내겠다며 열중하는 아이들과 교장 선생님이었다. 보통 교장 선생님께서는 직접 수업을 하지 않고, 무엇보다 이렇게 아이들과 함께 흙을 만지며 체험 학습을 진행하지는 않았다. 아이들을 향한 에너지와 동기가 궁금했던 나는 교장 선생님에게 찾아가 직접 물어보았다.

"교장 선생님, 저 질문이 하나 있습니다. 해도 괜찮을까요?"

"네, 그럼요. 무엇이든 물어보세요."

"교장 선생님은 다른 학교의 보통 교장 선생님들과 다르신 것 같아서요. 아이들과 직접 만나는 활동이 많은데 특별한 이유가 있는지 궁금해요."

나의 질문에 교장 선생님은 짧은 고민에 빠지셨다가 자신의 이야기를 전했다. 평교사 출신으로 교장 공모제를 통해 반송중학교 교장으로 부임한 그는 4년의 임기가 지나면 다시 평교사로 돌아가야 했다. 교장의 직분을 맡고 있지만, 언젠가는 다시 교육의 현장으로 돌아가기에 그때까지 아이들과의 접촉 기회를 최대로 늘리기 위해 수업을 직접 진행한다고 했다. 그는 나에게 '교장 선생님'은 교장이란 직함이 있지만, 전혀 특별하지 않고 꾸준히 아이들과 수업을 해야 하는 선생님 중 한 명이라고 말했다.

교장 선생님부터 모든 학년의 선생님들이, 그리고 학교의 실무원과 보건교사까지 모두 어떻게 하면 아이들에게 더 가까이 다가갈 수 있을지 고민했다. 나는 동료들을 통해 다행복학교의 진짜 목적이 무엇인지 이해할 수 있었다. 다행복학교를 시작했던 8년 전부터 지금까지 이곳에 머문 선생님들이 다듬어온 건 교육에 대한 교사의 태도다. 아이들과의 소통 방식과 그들의 학습 태도는 바로 교사들의 교육 태도에 따라 달라진다는 걸 나는 비로소 이해할 수 있었다.

# 10월 - 즐겁고 잔인한 달

3학년에게 10월은 곧이어 있을 시험과 구체적인 진학 선택을 앞두고 마지막으로 즐겁게 보낼 수 있는 시간이다. 아이들은 조금씩 인문계 고등학교로 진학해 공부를 이어갈 아이들과 마이스터고등학교나 특성화 고등학교로 진학해 자신의 진로를 구체적으로 설계할 아이들로 나뉘기 시작했다. 아이들이 얼마나 준비되었는지는 아랑곳하지 않고 중요한 선택의 시간은 하루하루 가까이 다가왔다.

선생님들도 냉정한 선택을 앞둔 아이들을 보며 10월은 마지막으로 즐겁게 보낼 수 있으니 잠시 스트레스도 풀 겸 현장 체험 학습을 설계했다. 보통 2학년은 2박 3일의 수학여행을 떠나고, 1학년과 3학년은 매년 다양한 체험을 할 수 있는 곳으로 현장 체험을 떠난다. 하지만, 2020년 찾아온 코로나19의 대유행 이후 모두 '1일 체험 학습'으로 바뀌고 말았다. 아쉬워하는 아이들을 위해 나는 다모임 회의에서 가까운 송정해수욕장의 서핑 체험을 제안했다.

수많은 해수욕장이 있는 부산에서 서핑을 즐겨본 적이 없다는 건 너무 아쉬운 일이다. 나의 적극적인 제안으로 2학년 아이들 모두 반송중학교의 앞산인 장산 너머의 송정해수욕장으로 갔다. 부족한 시간 안에서 아이들이 최대한 경험할 수 있도록 미리 체육 시간을 통해 학교 운동장에서 서핑 보드에 익숙해지는 사전 교육도 진행했다.

몇 번의 훈련 덕분이었을까. 짙은 남색 수트를 입고 바다로 뛰어든 아이들은 곧잘 파도 위에서 균형을 잡기 시작했다. 함께 간 남자 선생님들은 힘으로 버텨보려 했지만, 모두 파도에 못 이겨 바다에 풍덩 빠졌고, 아이들은 서툰 선생님들의 뒷모습을 보며 깔깔대며 웃었다. 예측되지 않는 파도 위에서 몸의 균형을 잃지 않는 유일한 방법은 흔들리는 파도에 몸을 맡기는 것이다. 아직 몸의 유연함을 잃지 않은 아이들에게 파도는 신나게 타고 놀 수 있는 하나의 놀이터와 같았다.

늦여름과 초가을 사이, 몸에 닿는 모래 해변은 뜨거웠고 뺨을 스치는 바람은 제법 서늘했다. 나는 해변에 앉아 발을 꼼지락거리며 걱정 없이 웃는 아이들을 가만히 바라보았다. 파도에 따라 찬란하게 부서지는 바다 위 윤슬만큼이나 아이들의 웃음도 빛났다. 나는 가만히 지난 시간을 돌아보았다. 꿈에 그리던 중학교 교실에 왔고, 드디어 선생님이란 역할도 부여받았다. 나의 일터가 어디에 있든 조금도 중요하지 않았다. 내가 교사로서 가르칠 아이들이 있고, 더 나은 선생이 될 수 있도록 새로운 가르침을 주는 아이들이 있다면 그곳이 얼마나 멀고, 얼마나 좁은지는 상관없었다. 반송이란 동네 역시 무척 낯설고 생경한 공간이었다. 떨리는 마음으로 찾아온 동네였지만, 이곳에 나를 필요로 하는 아이들이 있었고 누구보다 최선을 다해 교직에 임하는 동료 선생님들이 있었기에 반송중학교는 너무도 소중한 나의 첫 번째 일터가 되었다.

지난여름, 2학년 아이들과 함께 반송중학교의 역사를 따라 이 작은 세계 안에서 피어난 수많은 사람의 꿈과 희망을 마주했다. 1학년 아이들도, 곧 고등학교로 진학할 3학년 아이들도, 지금 파도 위에서 짓는 환한 웃음을 짓는 2학년 아이들도 모두 반송으로 돌아가서도 유연한 일상을 이어갈 수 있도록 최선을 다해 아이들과 함께하겠다 다짐했다.

각자의 담당 학년에 따라 체험 학습으로 흩어졌던 선생님들은 다음날 현장 인솔의 문제점과 보완사항을 점검하기 위해 다시 회의실로 모여 서로의 경험을 나누었다.

천년고도 경주로 자유여행을 떠나 두 발로 직접 걸어 다니며 역사를 경험한 2학년 아이들은 자유여행 컨셉의 현장 체험 학습에 맞춰 직접 모둠을 짜고, 스마트폰 지도 애플리케이션을 통해 여행루트를 정하며 주도적으로 현장 체험을 진행했다. 소정의 지원금을 받아 현장 체험 학습을 떠난 아이들은 각자의 선호와 속도대로 경주의 역사 속을 거닐었다. 자신이 먹고 싶은 음식, 자신이 경험하고 싶은 체험을 선택해 직접 만드는 경주 여행이었다.

아이들이 스스로 해내는 경험은 학교가 아닌 일상의 영역에서도 자신이 직접 문제를 정의하고 해결해 나갈 힘을 길러주었다. 선생님들이 계획한 틀 안에서 경험하는 경주와 바다, 그리고 역사는 그저 하나의 물리적인 공간일 뿐이지만, 아이들이 직접 도시를 헤매고, 파도를 이겨내며, 유물을 연결할

응답하라 반송중

때 그곳들은 아이들의 숨결이 닿은 하나의 장소가 된다.

현장 체험 학습을 통해 새롭게 보게 된 아이들의 성숙한 모습을 전하던 선생님들은 그제야 하루가 무사히 끝났음을 인지하고 안도의 숨을 깊게 내쉬었다. 아무리 쑥쑥 자라는 중학생이라고는 하지만, 여전히 아이이고 그래서 안전사고의 위험과 혹시 모를 이탈에 종일 마음 졸이며 다녔던 선생님들이었다. 선생님들의 지친 어깨 위에 켜켜이 쌓인, 학생과 교사가 서로를 신뢰하며 쌓은 성취감은 감동 그 자체였다.

# 11월 - 가을바람 솔솔, 우리들의 우정이 무르익는 가을학교

매년 11월이 되면 반송중학교 뒤편으로 산에서 굴러 내려온 밤송이가 가득하다. 언제나 가을이란 계절이 그렇듯, 11월은 무르익은 것은 익은 대로 놓아주는 것이 자연스러운 시간이다. 이제 반송중학교 3학년 아이들도 슬슬 각자 걸어갈 인생의 진로를 결정했다. 마지막까지 자신의 진로를 치열하게 고민하며 성숙한 모습을 보여준 아이들이었다. 언제나 거칠고 뾰족한 밤송이 같던 아이들이었는데 자기 삶 앞에선 제법 진지했고, 숨겨져 있던 내면의 모습은 단단하게 익은 햇밤처럼 근사하기도 했다.

그 누구를 위해서가 아닌, 바로 나 자신을 위한 다음 걸음을 준비하는 아이들을 보며 나도 남은 시간 아이들을 위해 더욱 최선을 다하기로 마음먹었다. 남은 2학기의 시간이 그리 많진 않지만 어떤 경험이든 아이들을 위해, 곧 졸업할 아이들을 위해 새롭게 해보기엔 충분했다.

이번 가을학교는 11월 중순에 있었지만, 기말고사 기간에 있었던 '학생의 날'을 늦더라도 함께 기념하기로 했다. 11월 3일은 '학생의 날'이다. 일제 강점기 시절인 1929년 11월 3일, 조선인 학생과 일본인 학생에 대한 분리 교육과 차별이 이어지던 전라도 광주에서 학생들 사이의 충돌이 일어났고 이를 해결하기 위해 나온 일본 경찰은 조선 학생들만 일방적으로 체포하는 등 부당한 탄압을 이어갔다. 이에 조선인 학생들이 항의하니 휴교 처리를 하며 더욱 철저하게 탄압했고, 불의를 참지 못한 학생들의 운동은 전국으로 퍼져나갔다. 이는 곧 전국에서 5만 명 이상이 참여하는 거대한 민중 독립운동으로 퍼져나갔는데, 바로 이날을 기념하며 만들어진 날이 '학생의 날'이었다. 이미 몇 년째 학생의 날을 기념해왔던 반송중학교였다. 자신이 믿는 가치를 위해 당당히 맞서 싸웠던 선배 학생들의 독립운동을 기념하기 위한 '학생의 날 아침맞이'에 나도 민망함을 무릅쓰고 참여해 아이들을 환대하기로 했다.

다음 날부터 '학생의 날'을 준비해온 선생님들과 학생회 아이들이 진행하는 아침맞이 회의에 참석했다. 가장 늦게 합류했다는 이유로 나는 조선인 여학생 역할을 맡았다. 곱게 땋은 댕기 머리와 고운 한복을 입은 조선인 여학생이 일본 순사를 맡은 학생에게 억울한 일을 당하고, 그 모습을 멀리서 지켜본 의연한 조선의 청년이 나타나 일본 순사를 제압한다는 내용의 짧은 촌극. 대학교에서 연극부 동아리로 활동했던 경험을 살려 나는 최선을 다해 당찬 조선의 소녀 역할에 몰입했다.

학교를 둘러싼 모든 나무가 발갛고 노랗게 물든 완연한 가을 하늘 아래, 반송중학교 교문은 우리만의 작은 노천 극장이 되었다. 학생회 아이들이 교문부터 언덕 아래까지 길게 늘어서 태극기를 손에 들고 가볍게 흔들었다. 상기된 얼굴로 태극기를 흔들며 아침맞이를 하는 모습은 지금까지 느낄 수 없던 진한 감동이었다. 오늘만큼은 아이들도 진지한 표정으로 언덕을 올라왔다. 태극기는 낯설어했지만, 가까운 옛날 학생들이 주체가 되어 공동체를 지켜냈다는 '학생의 날'이 무엇인지는 두 눈과 귀로 확실히 이해할 수 있었다.

촌극으로 시작한 아침맞이와 함께 가을학교도 본격적으로 시작되었다. 이번에도 역시 학교가 아이들에게 꼭 제공해야 할 교육을 우선으로 준비했다. 범교과 주제학습을 하는 차원으로 많은 콘텐츠가 무분별하게 쏟아지는 미디어 환경 속에서 학생들이 들어야 할 '성교육'과 '다문화 이해 교육'에 조금 더 재밌게 참여할 수 있게 프로그램을 설계했다. '다름'을 '틀림'으로 이해하지 않도록 천천히 다른 문화를 경험해갈 수 있도록 집중했다.

특별히 이번 가을학교에서는 외부 예술공연팀을 초청했다. 남자아이들만 있는 중학교에서 쉽게 보기 힘든 금관악기로 구성된 신나는 음악 공연이었다. 차가운 쇳구멍을 통과한 바람은 넓은 강당을 가득 채울 정도로 쩌렁쩌렁하게 울렸다. 외부 공연팀은 공연 큐시트에 맞춰 신나게 무대를 진행했지만, 아이들은 모두 뻘쭘하게만 앉아 있었다. 살짝살짝 움직이는 어깨를 보니 분명 마음속에서는 흥이 가득하지만, 어색해서 그런지 쉽게 몸으로 표현하지 못하는 아이들이었다.

아이들의 다채로운 경험을 위해 무엇이든 하겠다 마음먹은 나는, 에라 모르겠다는 심정으로 무대 앞으로 뛰어나가 열광적으로 호응하며 음악을 즐겼다. 온몸으로 리듬을 맞추고 신나게 손뼉을 치며 즐기는 나의 뒷모습을 보고 가까이에 있던 아이들부터 하나둘 의자에서 일어나 공연팀의 리드에 맞춰 몸을 흔들기 시작했다. 낯선 방식의 공연에 어떻게 호응해야 할지 모르는 아이들에게 눈앞에서 음악을 즐기며 리듬을 타는 나의 뒷모습. 음악으로 초대하는 손짓이었고, 주변의 눈치를 보지 말고 지금 이 순간에 집중하라는 부추김이었다.

마지막 곡을 남기고는 강당에 모인 모든 아이가 자리에서 일어나 제멋대로 몸을 움직이며 자유롭게 감정을 표현했다. 선생님들은 교실 안에서는 보지 못했던, 다양한 체험 학습과 체육활동에서도 발견하지 못했던, 아이들의 새로운 표정과 몸짓을 발견할 수 있었다. 놀라울 정도로 다양한 모습을 보여주는 아이들이었다.

3년 동안 봄학교와 가을학교를 경험하며 조금씩 노하우를 쌓아갔던 학생회 아이들은 스스로 만들어 내는 일의 재미를 깨닫고 그 만족감을 후배들과 친구들에게 전하고자 노력했다. 학교의 주체로 활동하며 조금씩 자신들의 권리와 감각을 되찾기 시작한 아이들은 가장 먼저 두발에 관한 '학교 규칙'을 고민했다. '파마는 허용하되 염색은 안 되고, 교복 대신에 사복 착용을 허용하는 것. 반 학급회부터 전체 학생 회의까지 마치 눈덩이를 굴리듯 작은 의견에 의견을 보태 전체의 변화를 꾀했다.

그 외에 '점심시간 휴대폰 사용 여부'와 같이 아이들의 평소 고민이 담긴 안건들도 직접 토론했고, 전교생을 대상으로 설문조사를 진행하며 공동의 의견을 취합했다. 이후 학생–학부모–교사의 세 주체가 모여 토론하고 이를 방송으로 각 반으로 송출하며 모두 33.3%의 비율로 공정히 권리를 나눠 투표를 진행했다. 학교의 한 사람도 빠짐없이 의견을 꺼내고, 방송을 통해 자신의 의견이 세대와 위계에 의해 사라지지 않고 충분히 조율되는 과정을 본 아이들은 점점 반송중학교의 당당한 주인으로서 새롭게 만들어갈 학교의 미래를 고민했다.

반송중학교에서 3년을 경험한 아이들은 코로나19로 아무것도 경험하지 못한 아이들을 위해, 모든 것들이 바뀌는 중학교에서의 첫 시작을 보낼 아이들에게 좋은 영향을 남기기 위해 더 큰 고민을 함께했다.

지역 활동가들과 함께한 마을 주민투표가 있었다. 지자체 세금을 다시 지역문제 해결을 위해 사용하자는 내용이었다. 이미 아이들은 이웃 학교인 반송여자중학교 아이들이 몇 년 전 좁고 위험한 통학로를 개선하기 위해 함께 목소리를 내고 움직였던 걸 목격했다. 친구들이 있는 학급의 문제만큼이나 부모님이 있는 지역의 문제에도 시급한 것들이 많다는 건 체험을 통해 이미 알고 있었다. 학교에서 마을을 배우고, 마을에서 세상을 배웠던 아이들은 마을 교육에서 마을 활동으로 자연스럽게 다음 발걸음을 이어갔다.

언제나 반송을 떠나고 싶다고만 말하던 아이들이 동아리 활동을 통해 마을로 내려갔으며 우리 집 앞 골목에 좋은 것도 많고, 새롭게 가보고 싶은 곳이 생겼다고 말했다. 조금씩 우리 동네를 긍정하고, 애정을 전하게 된 것이다. 마을 곳곳으로 들어가자 아이들은 오히려 큰 자유로움을 느낄 수 있었다.

여기 반송에서 살아가는 사람들은 '마을'이란 단어를 어려워하진 않았다. 여기선 누구나 마을이란 단어를 썼고, 모두에게 일상적으로 다가서는 단어였다. '마을'은 단순히 살면서 의식주를 해결하는 것만이 아니라, 새로운 무언가를 할 수 있는 터전이었다. 아이들은 직접 설계한 방식대로 학교의 문제를 해결하고, 마을의 문제를 고민했다. 학교의 일상에서 선생님들의 도움 없이 아이들끼리 힘을 모아 해결하고 새롭게 만들어 내는 경험이 조금씩 늘어가고 있었다. 자발적으로 또 협력적으로 학교의 구성원으로서 자신의 생태계를 다듬어가는 아이들이었다.

앞선 계절을 정리하며 열매와 곡식이 익고, 한층 더 성숙한 결과를 맞이할 시기인 11월. 낯선 계절이 올 때마다 쑥쑥 성장하는 아이들을 보며 선생님들은 이제 조금씩 떠나보낼 마음의 준비를 하기 시작했다. 봄학교와 그리 다르지 않은 내용의 축제지만, 신학기에 대한 기대감과 뜨거운 에너지를 발산했던 봄학교와 달리 가을학교는 선선한 가을바람처럼 왠지 모를 아쉬움이 가득했다. 단풍이 가득한 반송중학교에 찾아온 가을학교. 반송중학교 아이들이 자기들의 색깔로 직접 채워가는 계절인 봄학교와 가을학교는 반송중학교를 대표하는 하나의 고유명사가 되어가고 있었다.

# 12월 - 새로운 도약을 위한 응집의 시간

다시 찾아온 1년의 마무리. 12월은 1년의 교육과정을 차분히 마무리하는 시기이면서 반송중학교에서의 3년을 채운 아이들을 떠나보내는 계절이기도 하다. 반송중학교에는 2017년부터 이어온 아름다운 전통이 있다. 모든 학년이 2학기 학년 융합프로젝트를 진행하는 12월에 3학년 아이들은 자신들의 수업을 직접 설계하고 이를 다른 학생들에게 나누는 수업 나눔을 진행한다. 1교시부터 5교시까지 수업을 진행하며, 나름 대학교의 졸업 작품 전시회처럼 이곳에서 배운 것들을 모두 쏟아내는 시간이다.

'서로를 가르치며, 서로에게 배우다.'

3학년 아이들은 일일 교사가 되어서 교과과목 시간에 정식으로 수업을 진행했다. 역사면 역사, 과학이면 과학. 아이들이 정한 주제에 따라 교과 선생님을 멘토로 만나 한 시간 분량의 강의안을 준비해 직접 수업을 진행한다. 반송중학교에서 마지막 겨울을 보낼 아이들의 배움은 처음 이곳에서 경험한 것처럼 마지막 조별 활동을 하며 서로에게 자신들의 경험을 나누는 것으로 완결된다. 아이들은 3년 동안 학교에서 들은 수업을 토대로 가장 좋았던 방식을 되짚어내 직접 학습지를 만들기도 했다. 더 효과적인 수업을 위해 선생님들이 고민해왔던 모든 것들의 힘이 여실히 드러나는 현장이었다.

해외 청소년들이 학교를 졸업하기 전에 각자의 에세이를 발표하는 것처럼 우리 반송중학교도 교과 선생님들이 멘토가 되어 아이들이 자기 경험을 수업으로 풀어낼 수 있도록 안내했다. 친구들 앞에서 40분 이상 이야기를 이끌어간다는 것은 굉장히 어려운 일이다. 자기 언어에 대한 확신도 필요하고, 무엇보다 전달할 내용에 대한 완벽한 장악도 필요하다.

그런데 3학년 아이들 모두 직접 진행하는 수업을 무서워하지 않았다. 더 적합한 방식이 무엇일지에 대해서만 고민할 뿐, 앞에 나서서 이야기한다는 걸 두려워하는 아이들은 없었다. 이미 1학년 시기부터 자신의 의견을 문장으로 가다듬고, 친구들과 협력해 공동의 목표를 이뤄갔던 경험 덕분에 아이들은 속 근육부터 단단하게 다져져 있었다.

촘촘하게 배치되었던 모둠 수업들, 아이들의 적극적인 활동을 고민했던 선생님들의 노력들, 결과가 아닌 작은 시도를 끊임없이 이어가는 과정 중심의 평가들. 이 모두가 반송중학교 3학년 아이들에게 녹아 있다.

마지막 학년 융합프로젝트는 반송중학교에서의 3년을 모조리 쏟아내는 시간과 같았다. 1학년 아이들은 3학년 선배들이 진행하는 수업을 눈앞에서 지켜볼 수 있다. 졸업을 앞둔 선배들이 능숙하게 수업하는 모습을 보며, 반송중학교에서의 3년이 지나면 누구나 저렇게 자신 있게 표현을 할 수 있다는 가능성을 전해주고 싶었다.

3학년 역시 자신들이 최고 학년이 되어 친구들과 1학년들 앞에서 수업을 진행한다는 사실에 기뻐했다. 아이들은 직접 수업을 준비하는 모든 과정에 즐거워했고, 주눅 들지 않고 자신의 의견을 꺼내 볼 수 있도록 수업을 설계했다. 아이들은 네 명이 한 개 조를 이뤄 모둠 형식으로 수업을 준비했다. 두 명은 돌아가며 교과 내용을 이끄는 주 교사의 역할을 맡았고, 다른 두 명은 보조교사가 되어 아이들 가까이에서 수업을 세심히 이끌었다.

　　한편 12월 연말까지 수업과 프로젝트로 선생님들은 정신이 없다. 2학기

성적 관리부터 생활기록부까지 완벽하게 마감해야 했지만, 반송중학교에서 가장 중요한 회의가 하나 남아있다. 바로 올 한해를 정리하는 '다모임'이다. 모든 학년이 역량에 맞춘 '학년융합프로젝트'를 성공적으로 진행하는 것을 보며 선생님들은 너무 바쁘게 걸어오느라 놓친 것은 없었는지, 무엇하나 빠진 것은 없었는지 학업과 업무에 대해 평가를 이어갔다. 제대로 된 평가가 없다면 어떤 계획도 새롭게 세워낼 수 없기에 모든 선생님은 객관적으로 평가했다. 선생님부터 행정실까지, 반송중학교에 있는 모든 교직원이 함께 모여 서로의 시간을 평가했다.

선생님들은 각자 노트북을 들고 회의실에 모여 1학기와 2학기를 통틀어 반송중학교에서의 생활 중에 무엇이 가장 좋았고, 무엇이 가장 힘들었는지 '자체평가 설문지'를 작성했다. 아주 고요한 공간 속에서 오직 타닥타닥 퍼지는 타자 소리만이 공간을 가득 채웠다. 열 장이 넘어가는 설문지를 통해 내년에도 이어갈 교육과정과 중단할 업무를 구분하고, 아쉬운 점과 발전시킬 지점들을 분석했다. '학교 자체평가' 설문지 작성의 날에는 좋은 간식거리와 맛있는 음료가 제공되었다. 선생님들이 희미한 서로의 기억을 다시 되새기고, 서로의 시선을 섞어가며 보다 객관적인 평가를 이어가기 위한 지원이었다.

설문지 작성과 함께 선생님들은 12월 내내 매주 수요일에 모여 다모임 회의 자리를 이어 나갔다. 네 번의 모임 동안 가장 먼저 나온 주제는 전방위적인 교육 활동에 대해 반성하는 작업이었다. 올해 초 2월 워크숍에서 세웠던 목표를 기준으로 연차나 성별에 상관없이, 오직 이번 일 년 동안 교육 현장에서 각자가 경험한 시선을 토대로 반성과 계획의 토론이 이루어졌다. 새로운 신규 선생님도 교장 선생님도 교감 선생님도 누구의 의견인지에 따른 가중치 없이 모두 똑같은 평가지에 똑같은 양으로 평가했다. 1년 차밖에 되지 않은 나도 개인의 의견이 적극적으로 반영될 기회를 가지면서 드디어 신규교사로서의 마침표를 찍었다. 그 누구의 제안도 쉽게 평가받지 않았다. 한 사람이 문장으로 정리하며 논리구조를 부여한 개선점들은 선생님들과 함께 토론되며 공동의 방향성으로 반영되었다. 나의 의견이 공동체에 반영되고, 내년 운영방안에 실현되는 걸 보면서 나는 반송중학교의 구성원이라는 자각이 생겼다.

'학교 자체평가'의 마지막 단계는 학생 216명과 학부모 142명, 그리고 교사 32명을 대상으로 한 설문조사가 진행됐다. 반송중학교를 이끌어가는 세 주체의 결과를 보니 모든 항목이 대체로 높은 점수를 받았다. 코로나 상황에도 등교가 이루어지고, 교육과정에 끊김이 없었기 때문이다. 많은 학부모와 아이들이 건물을 옮기는 큰 변화에도 불구하고, 비교적 이른 시간 안에 학교가 안정화되어 다행이라고 생각했다. 자체평가에서 가장 눈에 띄었던 점은 교사, 학생, 학부모 중 학생의 만족도 점수가 교사보다 높았다는 점이다. 그리고 '학교 구성원 간 상호 존중'과 '배려의 문화와 인권 향상을 위한 노력'도 모두 70% 이상 나왔다. 매일 반복되는 수업과 기획 회의에 골머리를 앓았지만, 프로그램에 참여하는 아이들만큼은 행복하길 바랐던 선생님들의 기대가 실현된 것이었다.

아이들의 행복이 확인되었다면 이젠 교사들의 배움과 성장을 함께 만들어나가야 한다. 나는 내년에는 올해보다 훨씬 더 민주적인 학교 운영체계를 만들어가자고 제안했다. 학교의 목표를 더 많은 구성원에게 공유하고 함께 채워가는 것, 우리가 가진 기본적인 철학을 토대로 수업 시간을 이어가는 것이 내가 생각하는 민주적인 운영체계였다. 지금까지 해왔던 것처럼, 내년에도 꾸준히 해나가는 것이 과업이었다. 결과와 더불어 과정을 평가하면서, 우리가 얼마나 성장했고 또 얼마나 미흡했는지 솔직히 점검하는 반송중이라 다행이었다. 선생님들이 추구하는 것은 더불어 배우고, 그러면서 함께 성장하는 행복한 수업의 시간이었다. 하나의 평가에서 또 다른 평가로, 계속해서 피드백을 타고 넘어가며 이렇게 1년이 또 그려졌다. 반송중학교는 이렇게 매년 달라질 것이다.

# 1월 – 오 써니, 찬란한 시작

제법 눈에 익은 3학년 아이들을 떠나보낸다는 사실이 아직도 믿어지지 않았다. '더 잘해 줄 수 있었는데, 더 반갑게 인사할 수 있었는데'. 이미 지나간 모든 시간이 아쉽기만 했다. 졸업을 앞둔 3학년 아이들은 내게 새로운 별명을 지어주었다. 처음 어색하지만 밝게 수업하던 모습을 기억한다며, 교실에서 보여주었던 에너지를 끝까지 지켜달라는 마음으로 아이들이 지어준 별명은 '오 써니'다. 새로운 별명이 제법 어울린다고 생각했다.

학교는 방학이었지만, 나의 일은 끝나지 않았다. 하나의 학년과 작별한다는 것은 또 다른 학년과 설레는 첫인사를 한다는 뜻이었다. 여전히 반송중학교 업무팀은 분주하다. 새학년준비워크숍을 위해 세부 프로그램을 논의하는 선생님들이었다. 첫 1년은 학교에 적응하고 다행복학교를 이해하는 것으로 많이 버거웠지만, 이젠 반송중학교의 어엿한 일원으로서 적극적으로 학교 업무에도 의견을 던졌다.

겨울방학도 여름처럼 순식간에 지나갔다. 1년이란 시간이 쌓인 지금, 나는 더는 처음에 반송에 들어오던 멋쩍은 신규교사가 아니다. 무엇보다 반송중이라는 교육공동체에 대한 깊은 이해와 신뢰가 생겼다. 아무리 큰 어려움이라도, 여기 있는 동료 선생님들과 반송 아이들과 함께라면 분명한 변화를 만들 수 있다는 확신이 생겼다. 그리고 2월 첫 번째 금요일. 새로운 선생님의 인사발령 소식이 전해졌다. 바로 오늘, 정식 발령 전 미리 인사하러 오신다는 연락에 아침부터 서둘렀다. 올해 새로 들어오시는 선생님은 모두 네 분. 어떤 기대와 우려를 하고 오실지 짐작할 수 있다. 바로 내가 그랬으니까.

분주하게 새학년준비워크숍을 준비하는 선생님들의 등 뒤로 삐걱거리는 소리와 함께 교무실의 문이 열렸고 밝은 표정의 교장 샘과 함께 곧 이곳에 새로 부임할 선생님들이 들어섰다. 어색하게 나누는 인사. 나와 닮은 표정이다. 어리둥절 해하고 있는 선생님을 향해 서둘러 뛰어갔다.

"안녕하세요. 선생님들. 반갑습니다. 신규교사입니다."

아직도 기억하는 그 날의 공기. 차가운 2월의 바람과 선생님들의 뜨거운 목소리가 뒤섞여 후덥지근한 기운의 교무실이었다. 당황해하는 선생님들을 이끌고 개학 후 쓰게 될 각자의 자리로 안내했다. 드디어 내게도 후배가 생겼다는 마음에 기뻐 전날 깨끗하게 닦아둔 테이블. 그 위로 분홍빛 한지로 예쁘게 포장한 선물을 올려두었다.

"선생님. 이건 뭐예요?"
"선물이에요."
"책인가요?"
"맞아요. 지금은 3학년인데 작년 2학년 1반 아이들이 반송중학교에 대한 기록집을 만들었어요. 이건 그 취재내용을 정리한 책이고요. 우리가 다행복 학교잖아요. 처음이라 아직 개념이 낯설진 않으실까 싶어서 준비해봤어요. 다행복학교를 처음 만들었던 선생님들의 이야기부터 지금 열심히 아이들과 수업하는 선생님들의 이야기까지 잘 담겨 있어요. 한번 읽어 보세요."

"감사합니다. 선생님."

"그리고 다음에 시간 날 때 저와 같이 반송 마을 구경하러 가요. 제가 소 개해드릴게요."

## 에필로그

　부산 다행복학교는 2015년에 처음 시행되었다. 수도권에서부터 시작한 혁신학교에 대한 움직임이 전국으로 퍼졌고, 부산에서는 부산만의 지향점을 담아 '다행복'이란 이름을 붙였다. 처음 다행복이란 단어를 보곤 의아했다. 얼핏 모두 다 행복하자는 뜻으로 해석되긴 하지만, 여기서 말하는 모두가 누구일지, 그리고 학교에서 말하는 행복이 정확히 무엇인지 쉽게 그려지지 않았기 때문이다.

　나의 학창 시절을 돌이켜보면 곁에서 다음 걸음을 알려주고 천천히 끌어주었던 선생님은 없었다. 더 좋은 고등학교, 더 높은 대학을 위해 수능이라는 단 한 번의 경기를 준비하며 채찍질하는 감독관뿐이었다.

　학교에서도 이름으로 불려본 기억이 그다지 많지 않다. 개인번호 혹은 '야'와 '너'라는 단어로 호명될 뿐이었다. 함께 밥을 먹고, 땀 흘리고, 숙제를 나눠서 하던 '반'의 개념도 희미했다. 어느 골목에 사는지, 어떤 취향의 아이인지 온종일 붙어 앉아 밀접하게 교류하던 교우관계가 어느새 이름도 취향도 성격도 모른 채 함께 수업을 듣는 느슨하면서도 가까울 수 없는 경쟁자라는 이름으로 묶이게 되었다.

반송중학교 밖의 세상은 언제나 그렇듯 개인을 집단에 맞춰왔다. 개인적인 것은 이기적인 것이고, 각자의 개성을 견지하는 건 질서에 대한 반발과 같았다. 그래서인지 교육 앞에서 아이들의 개성을 우선적으로 지켜내는 반송중학교의 움직임이 내 마음을 흔들었다.

이번 작업을 천천히 되돌아보았다. 다행복학교를 시작했던 '독수리 오자매', 그들의 언어를 통해 반송중학교 아이들과 선생님들이 함께 성숙해지며 성장하는 소중한 동료라는 점을 이해할 수 있었다. 매주 더 효과적인 교육 방법을 고민했던 선생님들을 통해선 세대의 간격을 뛰어넘어 관계 맺는 방법을 알 수 있었다. 변화를 위해 흘린 땀의 이야기가 내 인식의 지평을 넓혔고, 다른 입장이 되어 바라보는 학교의 이야기가 새로운 세계로 다가왔다. 언제나 갑갑했던 학교라는 공간과 단조로운 일상이 사실은 당연하지 않았다는 사실. 반송중학교에서의 모든 만남과 정보가 나에게 새로운 계기를 남겼다.

최종 정리를 위해 선생님과의 인터뷰를 정리한 노트를 살펴보았다. 삐뚤삐뚤한 글씨 사이로 유독 힘주어 적힌 문장들이 보였다. '아이들이 즐겁게 생활하는 모습', '교육을 바꿀 수 있는'. '학교에서 행복을 만들어가는'.

원로교사가 되면 현장 교육에서 많이 빠진다고 하지만 다행복학교에서는 반대였다. 어떻게 해서든 마지막까지 아이들에게 도움을 주기 위해 교육이라는 본인의 마라톤을 끝까지 완주하고자 하는 선생님들이었다. 이제 조금씩 경험을 쌓은 선생님들은 톡톡 튀는 아이디어로 아이들과 소통했고, 완숙한 노련미가 쌓인 선생님들은 선생님들과 아이들 모두 지치지 않게 멀리서 조율했다. 왜 과학을 배워야 하는지 모르겠다는 아이에게 현상을 바라보는 관점을, 왜 국어를 배워야 하는지 모르겠다는 아이에게 나를 표현하는 방법을, 왜 수학을 공부해야 하는지 모르겠다는 아이에게 저기 깜빡이는 횡단보도의 불빛이 수학임을 말하던 선생님들. 자신의 삶에 굳이 학교 공부가 필요 없다던 아이들에게 당장 마을에서 만나는 모든 것에 교과목이 녹아 있음을 가르치는 선생님들이었다.

토론하고 논쟁했던 시간이 촘촘한 동료애로 무르익고, 눈에 밟히는 아이들의 표정이 목마름이 되었다. 불편함을 원동력으로 다행복학교를 만들었던 선생님들은 세상이 말하는 행복의 조건을 학습시키지 않고, 행복에 대한 대담한 질문을 던졌다. '무엇이 행복한 걸까'라는 본질에 대한 질문.

이곳의 선생님들은 아이들의 밝아진 표정, 달라진 수업 태도, 원만해진 교우관계로 세상을 다 가진 아이처럼 행복해했다. 다양한 걸 시도할수록 아이들의 상상력이 향상됐고, 마을로 뛰어나가 주도적으로 각자의 주제와 과업을 찾아오는 아이들이었다. 학교 밖에선 이 모든 움직임을 혁신이란 단어로 말하지만, 선생님들에게 이건 정상화이자 너무 당연한 전환이었다.

코로나19로 관계가 느슨해지자 가장 약한 고리인 아이들부터 즉시 궤도에서 이탈해버렸다. 어떻게든 아이들을 그 나이대가 보편적으로 통과하는 궤도로 되돌아오게 하는 것이 선생님들의 과제였다. 일상의 경계선 위에 머무는 청소년에게 가장 좋은 건 주변에서 보내는 따뜻한 시선이다.

이번 도서 출판 작업을 통해 반송중학교의 흐름과 역사를 접했고, 부족한 실력으로 가상의 이야기를 구성했다. 평일 아침 아이들이 어떤 골목을 통과하며 무슨 냄새를 맡고 어떤 소리를 들으며 등교하는지, 며칠 반송으로 나가 두 눈으로 마을의 특성을 이해하며 아이들을 바라보았다. 독자들도 모두 반송마을로 찾아가 지역의 교육기관, 돌봄 기관, 문화시설을 돌아보며 아이들의 정서와 고민을 온몸으로 이해해보길 바란다.

새로운 학교를 만들어갈 수 있다는 반송중학교 선생님들의 희망이 지친 나를 다시 일으켜 세웠다. 나도 선생님들이 바라봤던 문제에 주목하며, 선생님들이 걸어가는 길의 방향을 따라가고 싶어졌다. 이번 작업을 통해 반송의 아이들이 반송중학교에서 보낸 시간을 긍정하고, 이곳에서 친구들과 선생님들과 함께 다듬어져 간 자기 자신을 새롭게 바라볼 수 있기를 희망한다.

추천사

# 7년의 항해, 함께해서 역사가 되었습니다.

반송중학교 교장 **주강원**

반송중 7년 경험을 담는 책에 '암초'와 '학습 주도성'이라는 열쇠 말을 보태 보겠습니다.

학교를 배에 비유하면 어떨까요? 학교는 항해 과정에서 학생을 성장시켜, 더 넓은 바다로 출항하는 배가 있는 항구까지 도착하는 게 목적입니다. 학교가 배라면 교육 주체인 학생, 학부모, 교사, 마을은 무엇에 비유할 수 있을까요? 교사는 뱃사람이고 학부모는 항해에 필요한 것들을 지원해주는 항구가 있는 작은 섬입니다. 마을은 항로를 따라 다양한 풍경으로 이어지는 육지나 큰 섬입니다. 학생은 돛을 움직이는 바람이거나 항해에 긴장감을 주는 파도입니다. 어쩌면 바다 그 자체일지도 모르겠습니다. 분명한 것은 단순히 배에 타고 있는 승객은 아닙니다.

과학이 발달하기 전에 항해하는 배가 가장 두려워했던 방해물은 무엇일까요? 저는 '암초'라고 생각합니다. 거센 바람이나 높은 파도는 사전 징후나 자연현상의 인과관계를 따져서 미리 대비할 수 있습니다. 하지만 암초는 물속에 잠겨 보이지 않으므로 위험에 대비할 수 없기 때문입니다. 만일, 우리에게 암초를 마음대로 할 수 있는 능력이 있다면 어떤 처리 방법을 선택하겠습니까? 깊은 바닷속에 가라앉히기, 가루를 만들어 없애기, 항로 밖으로 옮기기 등 여러 방법이 있지만 섬으로 만드는 게 가장 지혜로운 방법이라 생각합니다. 물속에 있어 위험했던 암초가 눈에 보이는 섬이 되면 대비할 수 있습니다. 그리고 항해 길에 만나는 섬은 물자를 공급받거나 휴식처 혹은 대피처가 되어 항해에 많은 도움이 되니 더 이득입니다.

우리 학교는 2016년 다행복학교의 첫 돛을 올렸고 7년째 다행복 바다를 항해 중입니다. 7년의 항해 동안 다사다난한 일들이 많았습니다. 최종 목적지 항구는 어딘지, 거친 바람과 높은 파도에는 어떻게 대처해야 하는지, 해마다 뱃사람이 바뀔 때마다 새로 시작해야 하는 일들이 항해를 힘들게 했습니다. 분명한 건 많은 어려움이 '암초'가 되지 않도록 지혜를 모았다는 것입니다. 학교의 갈등이나 문제가 물 밑에서 뒷말로만 흘러 다니지 않도록 공식적인 회의에서 해결책을 찾아 섬으로 만들었습니다. 그래서 반송중 항해 길에는 우리가 만든 크고 작은 섬들이 많이 생겼습니다. 다모임, 무담임 학년부장, 학년융합 프로젝트, 교사전문적학습공동체와 자율 동아리, 봄학교와 가을학교, 학생자치회 활동, 학생 자율 동아리, 스스로 참여하는 학부모회, 학부모 씨앗동아리, 1, 2학년 주제 선택 교과, 반송마을교육공동체, 해운대 다행복교육지구 등이 그 섬들입니다. 다행복 반송중은 이 섬들의 지지를 받으며 '배움 가득한 교실, 존중으로 빛나는 우리'라는 비전이 실현되는 항구를 향해 항해 중입니다.

언제든지 새로운 배움에 도전하는 사람은 '학습 주도성'이 강합니다.

'배움은 원과 같아서 언제든지 할 수 있고 끝이 없다.'라는 말이 있습니다. 공자님도 세 사람이 길을 가면 나에게 스승이 될만한 사람이 한 사람은 있다고 했습니다. 우리 주변에는 늘 배울 게 있다는 격언입니다.

다행복 반송중 7년은 학교 구성원 모두가 '학습 주도성'을 키우는 시간이었습니다. 학생은 활동 중심과 협력 수업에 적극적인 태도로 수업에 참여했고 학생회와 자율 동아리 활동으로 자치 실행의 주도성을 키웠습니다. 교사는 '잘 배우는 교사가 잘 가르친다'는 마음으로 전문적인 역량을 키우기 위해 매주 전문적학습공동체와 자율동아리 활동을 했습니다. 함께 교육활동을 계획하고 성찰하는 것이 동료에게 배우는 성장 과정이었습니다. 학부모는 스스로 참여하는 학부모회 활동과 씨앗동아리 모임으로 다행복 학부모로 거듭나기 위한 배움에 동참했습니다. 마을은 늦게 시작했지만 20여 개 기관과 단체가 참여하는 반송마을교육공동체 활동으로 마을의 아동·청소년을 위한 다양한 활동을 주도적으로 펼치고 있습니다.

우리 학교는 2022년 다행복학교를 넘어 다행복자치학교로 항해 중입니다. 7년 경험을 순풍으로 새로운 도전에 나섰습니다. 항해 중에 생기는 암초는 교육 주체들의 지혜를 모아 섬으로 만들 것입니다. 나아가 학생, 학부모, 교사, 마을은 다행복에서 키운 배움의 주도성을 삶의 자율성으로 확대할 것입니다. 우리는 다행복자치학교 경험이 쌓일수록 뱃사람, 바람, 파도, 섬의 역할을 자유롭게 넘나들며 항해를 주도하는 역량을 갖추게 될 것입니다.


'응답하라 반송중!'의 외침에 '영원하라, 반송중!'으로 답합니다.

# 반송다행복학교 7년의 아름다운 기록, 출판을 축하하며

부산광역시교육연수원장 **이미선**

우리 아이들이 사는 세상은 어른들이 사는 세상보다는 조금 더 평화롭고 정의로우며 행복해지면 좋겠다는 소망을 늘 가슴에 안고 삽니다. 그러나 세상은, 심지어 학교마저도 무엇이 더 중요한지, 왜 이렇게 해야 하는가에 대한 큰 고민이나 성찰 없이 눈앞의 산을 넘고 강을 건너기에 바쁜 거 같습니다. 안개 속처럼 길이 잘 보이지 않는데도 뒤에서는 자꾸 빨리 가라고 재촉하는 느낌도 듭니다.

그러나 아이들이 즐겁게 배우고 교사들도 같이 성장하며 학부모는 믿고 지지할 수 있는 학교를 꿈꾸어온 사람들이 있었기에, 부산다행복학교는 시작할 수 있었습니다. 2016년부터 시작해 오늘에 이르기까지 반송다행복학교 7년의 발자취를 따라 읽으며, 아이들을 뜨겁게 사랑하는 선생님들 이야기, 그 사랑에 응답하는 학생들의 성장 모습, 학교를 믿고 기꺼이 동행하는 부모님들의 격려, 동분서주하며 온몸으로 실행하는 교장 선생님 발걸음까지...... 가슴이 뭉클하고 눈물이 핑 도는 감동이었습니다.

칠흑같이 어두운 밤길을 걸을 때 손을 잡고 그 길을 걷는 사람을 길동무들이라고 하지요. 벽이 앞을 가로막아도 파도가 휘몰아쳐도 그 너머의 세상을 그리며 손잡고 희망을 노래하는 사람들이 있어 희망을 봅니다. 먼저 꿈꾸고 실천해온 선생님들과 함께하는 부모님, 탄탄한 반송의 마을공동체가 있어 오늘의 다행복반송중학교도 있겠지요. 존경과 감사 인사드립니다.

길이 끝나는 곳에서 길은 다시 시작됩니다. 길을 가기를 멈추지 않는다면 우리가 걸어가는 길에서 희망의 종(鐘)도 울리겠지요. 반송다행복학교 7년의 아름다운 기록과 출판을 진심으로 축하드립니다.

응답하라 반송중
– 다행복학교, 7년의 기록
ⓒ 2022, 반송중학교 교육공동체

| 엮은이 | 반송중학교 교육공동체 |
| 초판 1쇄 | 2022년 12월 31일 |
| 인터뷰/ 책임집필 | 우동준 |
| 편집 | 하은지 |
| 디자인 | 글피 김정란 |
| 마케팅 | 최문섭 |

| 펴낸이 | 장현정 |
| 펴낸곳 | ㈜호밀밭 |
| 등록 | 2008년 11월 12일(제338-2008-6호) |
| 주소 | 부산 수영구 연수로 357번길 17-8 |
| 전화 | 051-751-8001 |
| 팩스 | 0505-510-4675 |
| 이메일 | homilbooks@naver.com |

Published in Korea by Homilbooks Publishing Co, Busan.
Registration No. 338-2008-6.
First press export edition December, 2022.

ISBN  979-11-6826-092-4 (03810)